LE CADAVRE DE L'EAST END

Direction de la publication : Carine Girac-Marinier
Édition : Antoine Caron
Direction artistique : Uli Meindl
Conception artistique : Sophie Rivoire
Mise en pages : Hélène Léonard
Fabrication : Marlène Delbeken

ISBN : 978-2-03-599741-8

NICOLAS TRENTI

À VOUS D'ENQUÊTER !

LE CADAVRE DE L'EAST END

LAROUSSE

TOP SECRET

PRINCIPE
&
RÈGLES DU JEU

À VOUS D'ENQUÊTER !

La collection **À vous d'enquêter** vous propose de vous glisser dans la peau d'un vrai détective.

À chaque livre correspond une nouvelle enquête : fouillez la scène de crime, interrogez les suspects, consultez les archives de la police et collectez les indices pour confondre le meurtrier.

Mais comme dans toute véritable affaire, le temps vous est compté : laissez-vous guider par votre instinct d'enquêteur pour suivre les bonnes pistes et élucider le crime avant que l'assassin ne vous file entre les doigts !

Le livre se décompose en plusieurs sections :

LA SCÈNE DE CRIME

Toute enquête commence par un exposé de l'affaire et la découverte de la scène de crime. Sur place, votre supérieur vous présente dans quelles circonstances le meurtre a été découvert, l'identité de la victime si elle est déjà connue, la déposition des premiers témoins éventuels...

Dès cet instant, n'hésitez pas à prendre des notes : de précieux indices peuvent déjà se cacher dans cette présentation.

À la fin de cette introduction, plusieurs pistes vous seront proposées. Dès lors, à vous de choisir quelle direction va suivre votre enquête !

LA FEUILLE DE ROUTE

La feuille de route est l'outil qui vous permettra de garder une trace de la progression de votre enquête.

Ainsi, si vous êtes amené à faire une pause au cours de vos investigations (tout bon détective peut aussi avoir droit à quelques moments de détente), vous pourrez facilement reprendre vos recherches là où vous les aviez laissées.

Sur votre feuille de route, dont un modèle vous est proposé pages 22 à 29, vous pourrez ainsi :

- Répertorier toutes les pistes identifiées au cours de votre enquête, et indiquer celles que vous avez choisi de suivre ;
- Noter les indices découverts ;
- Suivre le temps consommé pour explorer les pistes privilégiées : pour cela, vous pourrez par exemple utiliser un trombone comme marqueur et le faire glisser le long du bord des pages.

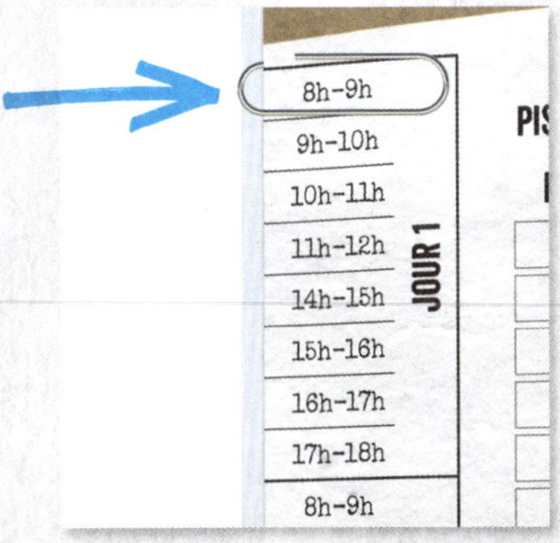

Une version numérique de la feuille de route vous est également proposée sous forme de site Web (voir ci-dessous, au paragraphe « Jouez aussi avec votre Smartphone »).

LES PISTES

Sur la scène de crime, puis tout au long de votre enquête, des pistes vous seront proposées.

Ces pistes peuvent être de 4 natures différentes :

- Les **LIEUX** : explorez le voisinage, fouillez le domicile d'un suspect, rendez-vous dans le bar où la victime a passé sa dernière soirée...
- Les **INTERROGATOIRES** : questionnez les proches de la personne disparue, cuisinez les suspects, sondez vos informateurs...
- Les **DOSSIERS** : plongez dans les archives de la police, retrouvez les fichiers relatifs à une ancienne enquête, consultez les dossiers personnels des protagonistes de l'affaire...
- Les **ANALYSES** du laboratoire : faites relever les empreintes, demandez une expertise ADN, feuilletez les rapports d'autopsie et les rapports balistiques...

Chaque piste, identifiée par une initiale correspondant à sa nature (**L**, **I**, **D** ou **A**) et un nombre à deux chiffres (par exemple : « **I12** »), peut être consultée par l'intermédiaire du paragraphe correspondant dans la section « Pistes » de ce livre.

Comme vous le constaterez rapidement, certaines pistes vont s'avérer indispensables au cours de votre enquête, alors que d'autres ne déboucheront que sur des impasses : à vous de prendre les bonnes décisions en suivant votre flair de détective pour ne pas vous laisser entraîner sur de fausses pistes.

D'autant plus que suivre des pistes s'avère vite chronophage : vous devrez à chaque fois imputer le temps passé par l'enquêteur que vous incarnez sur l'agenda de votre feuille de route. Vous allez devoir faire des choix... et les bons ! Vos supérieurs attendent en effet votre rapport dans un temps imparti, qui vous sera précisé sur la scène de crime. Si vous dépassez la limite de temps, libre à vous de poursuivre votre enquête, mais votre score d'enquêteur, calculé en fin de partie, risque d'en pâtir...

Après avoir choisi d'explorer une piste et avoir lu le paragraphe correspondant dans la section « Pistes », vous devrez :

- Indiquer la piste comme explorée dans votre feuille de route **en cochant la case « Vue ? »** correspondante (cela vous permettra de repérer, d'un seul coup d'œil, les pistes déjà suivies) ;
- Faire **avancer le curseur temps** d'autant de positions que le nombre d'heures consommé par la piste suivie ;

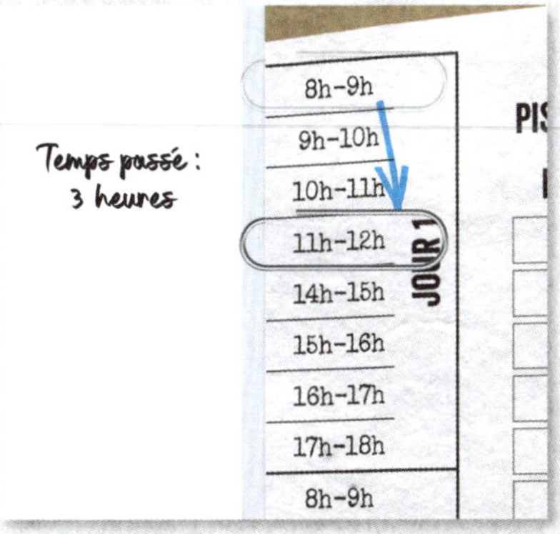

- Ajouter à votre feuille de route les **nouvelles pistes** éventuellement identifiées ;
- Répertorier le ou les **indices** potentiellement découverts : voir le paragraphe suivant.

LES INDICES

Au cours de votre enquête, en suivant certaines pistes, vous pourrez récolter des indices : empreintes digitales, prélèvements réalisés par le laboratoire, douilles de balles, échantillons d'ADN...

Ces indices sont référencés dans le texte au moyen d'un numéro sous la forme **#01**.

Lorsque vous posséderez plusieurs indices, vous pourrez les comparer entre eux de manière à établir une correspondance.

À titre d'exemple, vous souhaiterez peut-être comparer au cours de votre enquête des empreintes digitales découvertes sur la scène de crime avec celles figurant dans le dossier d'un truand notoire, un échantillon de terre prélevé sur un tapis avec des traces de glaise retrouvées sous la chaussure d'un suspect, un fragment de balle délogé d'un mur avec un pistolet abandonné dans des poubelles...

Pour cela, il vous suffira d'utiliser le **comparateur d'indices**, accessible page 113. À l'intersection de la ligne et de la colonne correspondant aux indices à comparer, vous obtiendrez l'un des symboles suivants :

✓ : correspondance confirmée

? : correspondance possible mais non confirmée (ce cas peut se produire si l'un des échantillons comparés n'est pas de qualité suffisante : empreinte digitale partielle, par exemple)

✗ : aucune correspondance

	#01	#02	#03	#04	#05	#06	#07	#08	#09	#10	#11	#12	#13
#01		ⓧ	✓	ⓧ	?	ⓧ	?	ⓧ	ⓧ	ⓧ	ⓧ	ⓧ	?
#02	ⓧ		ⓧ	ⓧ	ⓧ	✓	ⓧ	ⓧ	ⓧ	ⓧ	ⓧ	ⓧ	ⓧ
#03	✓	ⓧ		ⓧ	ⓧ	ⓧ	ⓧ	ⓧ	ⓧ	?	ⓧ	?	ⓧ

Exemple de comparaison ur les indices #02 et #06 : orrespondance confirmée !

Chaque utilisation du comparateur vous coûtera **1 heure de temps** pendant votre enquête, mais les correspondances trouvées seront précieuses pour confirmer vos hypothèses et résoudre l'affaire.

LE COMPTE-RENDU D'ENQUÊTE

Lorsque vous penserez avoir saisi tous les tenants et aboutissants de l'enquête, vous pourrez rendre votre compte-rendu d'enquête, page 116.

Vous y découvrirez une **série de questions** destinées à vérifier votre bonne compréhension de l'affaire, jusque dans les moindres détails.

Si, à la lecture des questions, vous avez l'impression d'être passé à côté de certains aspects de l'intrigue, rien ne vous empêche alors de retourner explorer quelques pistes supplémentaires...

Les premières questions portent sur les points essentiels de l'enquête (identité de l'assassin, mobile, complicité éventuelle, arme du crime...), alors que les questions suivantes permettront de creuser les aspects secondaires de l'affaire.

Chacune de vos bonnes réponses vous fera gagner des points.

Vous pourrez également gagner des **points bonus** en fonction des preuves établies (correspondance d'empreintes pour incriminer un suspect, par exemple), mais vous recevrez des **points de pénalités** si vous avez mis trop de temps pour résoudre l'affaire.

Une fois le questionnaire terminé, vous pourrez consulter les solutions pour établir votre score.

LES SOLUTIONS : RÉPONSES, SCORE, EXPLICATIONS

La première partie des solutions résume les bonnes réponses du questionnaire et vous invite à calculer votre score final. Vous découvrirez alors votre **grade d'enquêteur** !

La seconde partie présente quant à elle le cheminement idéal à suivre pour résoudre l'affaire, piste après piste, avec les déductions associées.

JOUEZ AUSSI AVEC VOTRE SMARTPHONE !

Pour vous aider à tenir à jour votre feuille de route, vous pouvez également utiliser votre Smartphone. Après avoir découvert la scène de crime, rendez-vous à l'adresse suivante :

https://escape-game.larousse.fr/enquete/east_end.html

Vous pouvez aussi scanner le Flashcode ci-dessous :

Par l'intermédiaire de cette page, vous pourrez sélectionner les pistes que vous souhaitez suivre.

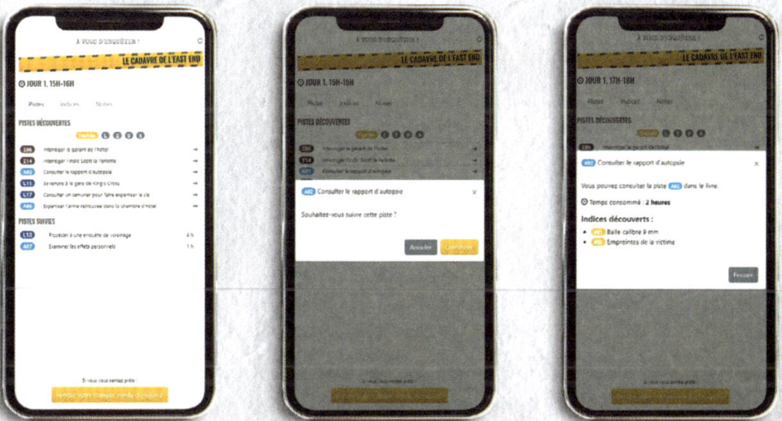

Tout au long de votre enquête, vous aurez alors automatiquement accès à :

- l'intégralité des pistes découvertes ;
- la liste des pistes déjà suivies ;
- la liste des indices identifiés.

En fonction des pistes suivies, votre marqueur temps sera automatiquement tenu à jour. Vous aurez également la possibilité de comparer des indices identifiés pour obtenir directement leur degré de correspondance.

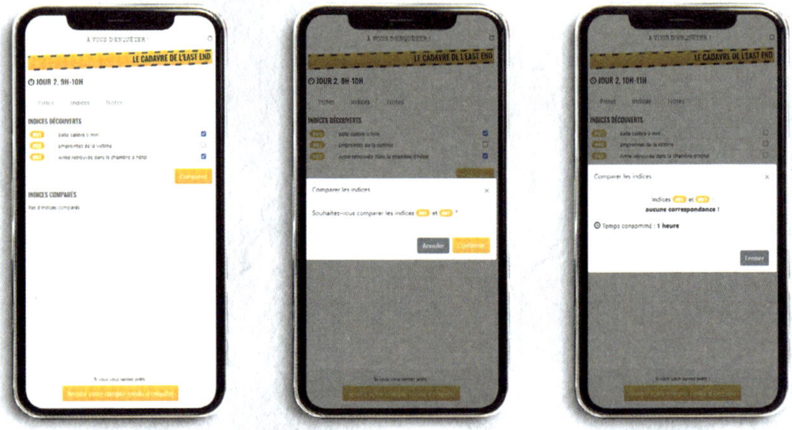

Une fois votre enquête terminée, vous pourrez accéder à une version numérique du compte-rendu d'enquête et découvrir aussitôt votre score.

À vous d'enquêter !

TOP SECRET

SCÈNE DE CRIME

2

LE CADAVRE DE L'EAST END

26 JUIN 1982, BANLIEUE EST DE LONDRES.

En vous garant devant le Shadwell's Inn, un hôtel miteux de trois étages à la façade de briques rouges, vous jetez machinalement un œil à votre montre : 10 h 08.

Vous tentez de réprimer un profond bâillement, en vain...

En ce samedi de repos, vous auriez bien profité d'une grasse matinée, d'autant que la semaine de travail qui vient de se terminer a été particulièrement chargée. Mais un inspecteur de Scotland Yard comme vous doit être prêt à tout, y compris à se faire réveiller par un coup de téléphone du central qui vous envoie sans tarder sur une nouvelle affaire. Les joies du métier...

Vous voilà donc au petit matin sur Cable Street, en plein cœur de l'East End. Un quartier où vous avez dû faire vos preuves, en tant que jeune recrue, et que vous avez en horreur. Et pour cause, il s'agit de l'un des plus pauvres du Grand Londres, et, par conséquent, des plus malfamés. Dans les années 1960, l'East End était déjà connu pour être le repère des gangsters et du crime organisé. Aujourd'hui encore, plus de vingt ans plus tard, le taux de criminalité bat ici des records : braquages à main armée, agressions, incendies, rackets...

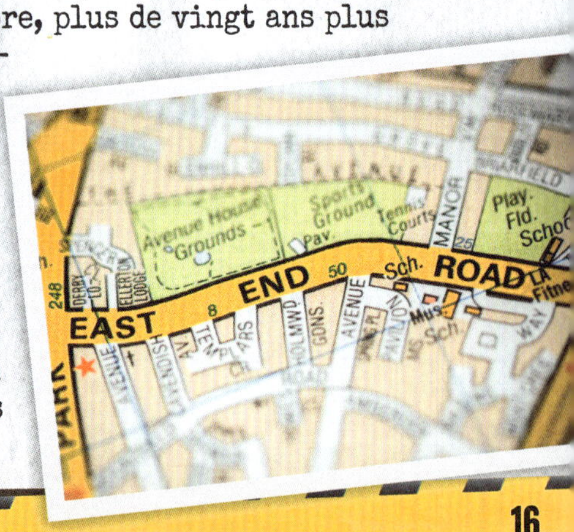

Vous franchissez le seuil de l'hôtel et le gérant, aussi mal réveillé que vous, vous montre du doigt l'escalier sans prendre la peine de vous saluer. Vous grimpez trois étages pour atteindre la chambre 34, où se pressent déjà une demi-douzaine d'officiers.

Parmi eux, le superintendant Bannister, votre supérieur direct au Criminal Investigation Department, vous tend un café.

« Vous êtes en retard, inspecteur Durk. Le réveil a été difficile ?

— Ne m'en parlez pas... Et je ne vous raconte pas le bonheur de venir user mes souliers dans l'East End un jour de repos. Merci du cadeau, superintendant.

— L'affaire me paraissait intéressante, aussi vous comprendrez que j'ai choisi de mettre mon meilleur élément sur le coup !

— Inutile, la flatterie ne prend pas... Le café, par contre, c'était une bonne idée, merci. Allez-y, racontez-moi ce qui me vaut le plaisir...

— Homme blanc, la trentaine, assassiné de deux balles en pleine tête. La scène de crime présente des signes de lutte, comme vous pouvez le voir. C'est la femme de ménage qui a retrouvé le cadavre ce matin.

— Vraiment ? Ils emploient des femmes de ménage maintenant, dans ce type d'hôtel ? »

Le superintendant Bannister ignore votre trait d'humour et poursuit sa présentation de l'enquête :

« Vous pourrez interroger le gérant de l'hôtel et en profiter pour lui poser la question. C'est lui qui nous a appelés ce matin. Il est à votre disposition à l'accueil.

— Oui, je l'ai croisé en montant. Ça va être un plaisir de bavarder avec lui... Que sait-on d'autre ?

— La victime s'est enregistrée à l'hôtel il y a deux jours, le jeudi 24, sous le nom de Victor Robert Jones. Le corps est à la morgue, ils doivent être en train de boucler le rapport d'autopsie à l'heure qu'il est. D'après les premières analyses du labo, les traces de sang confirment que le meurtre a eu lieu sur place. Voilà, c'est à peu près tout... De votre côté, vous disposez toujours d'indics, dans le quartier ?

— J'ai gardé quelques contacts par ici. Il y a notamment Scott la Parlotte, il connaît tout le monde dans l'East End.

— Parfait ! Vous voyez bien que vous êtes l'homme de la situation, Durk. J'ai décidément bien fait de faire appel à vous ! »

Avant de quitter la chambre et de vous laisser examiner les lieux, le superintendant Bannister vous lance depuis le pas de la porte, dans un clin d'œil :

« Oh, et je compte sur vous pour résoudre ce meurtre rapidement, cela va sans dire. Avec tous vos contacts dans le quartier, je pense que vous n'aurez pas besoin de plus de **7 jours** pour venir à bout d'une affaire comme celle-ci... »

Bien... Inutile de perdre du temps... Vous examinez rapidement la scène de crime : le lit est défait, les meubles ont été déplacés, les armoires, retournées. La chambre a été fouillée de fond en comble.

Hormis le cendrier rempli de mégots, dont certains portent des traces de rouge à lèvres, vous ne remarquez pas grand-chose d'intéressant, le laboratoire ayant déjà emporté les effets personnels de la victime pour analyse.

Vous quittez la chambre, l'esprit déjà obnubilé par votre enquête, listant mentalement les pistes que vous allez pouvoir suivre...

Pistes à suivre :

- L13 : Procéder à une enquête de voisinage
- I06 : Interroger le gérant de l'hôtel
- I14 : Interroger l'indic Scott la Parlotte
- A02 : Consulter le rapport d'autopsie
- A07 : Examiner les effets personnels de la victime

Ajoutez ces premières pistes à votre feuille de route et placez votre marqueur sur la première tranche horaire (jour 1, 8 h-9 h).

Choisissez ensuite la piste que vous souhaitez explorer en premier et consultez le paragraphe correspondant dans la section « Pistes ».

À vous d'enquêter !

TOP SECRET

FEUILLE DE ROUTE

PISTES

Jour	Horaire	N°	Description	Vu
JOUR 1	8h-9h			
	9h-10h			
	10h-11h			
	11h-12h			
	14h-15h			
	15h-16h			
	16h-17h			
	17h-18h			
JOUR 2	8h-9h			
	9h-10h			
	10h-11h			
	11h-12h			
	14h-15h			
	15h-16h			
	16h-17h			
	17h-18h			
JOUR 3	8h-9h			
	9h-10h			
	10h-11h			
	11h-12h			
	14h-15h			
	15h-16h			
	16h-17h			
	17h-18h			

PISTES

N°	Description	Vue ?
		☐
		☐
		☐
		☐
		☐
		☐
		☐
		☐
		☐
		☐
		☐
		☐
		☐
		☐
		☐
		☐
		☐
		☐
		☐
		☐

JOUR 4	8h-9h
	9h-10h
	10h-11h
	11h-12h
	14h-15h
	15h-16h
	16h-17h
	17h-18h
JOUR 5	8h-9h
	9h-10h
	10h-11h
	11h-12h
	14h-15h
	15h-16h
	16h-17h
	17h-18h
JOUR 6	8h-9h
	9h-10h
	10h-11h
	11h-12h
	14h-15h
	15h-16h
	16h-17h
	17h-18h

8h-9h	JOUR 7
9h-10h	
10h-11h	
11h-12h	
14h-15h	
15h-16h	
16h-17h	
17h-18h	
8h-9h	JOUR 8
9h-10h	
10h-11h	
11h-12h	
14h-15h	
15h-16h	
16h-17h	
17h-18h	
8h-9h	JOUR 9
9h-10h	
10h-11h	
11h-12h	
14h-15h	
15h-16h	
16h-17h	
17h-18h	

PISTES

N°	Description	Vue

PISTES

N°	Description	Vue ?
		☐
		☐
		☐
		☐
		☐
		☐
		☐
		☐
		☐
		☐
		☐
		☐
		☐
		☐
		☐
		☐
		☐
		☐
		☐
		☐

JOUR 10	8h-9h
	9h-10h
	10h-11h
	11h-12h
	14h-15h
	15h-16h
	16h-17h
	17h-18h
JOUR 11	8h-9h
	9h-10h
	10h-11h
	11h-12h
	14h-15h
	15h-16h
	16h-17h
	17h-18h
JOUR 12	8h-9h
	9h-10h
	10h-11h
	11h-12h
	14h-15h
	15h-16h
	16h-17h
	17h-18h

Jour	Horaire
JOUR 13	8h-9h
	9h-10h
	10h-11h
	11h-12h
	14h-15h
	15h-16h
	16h-17h
	17h-18h
JOUR 14	8h-9h
	9h-10h
	10h-11h
	11h-12h
	14h-15h
	15h-16h
	16h-17h
	17h-18h
JOUR 15	8h-9h
	9h-10h
	10h-11h
	11h-12h
	14h-15h
	15h-16h
	16h-17h
	17h-18h

PISTES

N°	Description	Vue

NDICES

N°	Description

JOUR 16	8h-9h
	9h-10h
	10h-11h
	11h-12h
	14h-15h
	15h-16h
	16h-17h
	17h-18h
JOUR 17	8h-9h
	9h-10h
	10h-11h
	11h-12h
	14h-15h
	15h-16h
	16h-17h
	17h-18h
JOUR 18	8h-9h
	9h-10h
	10h-11h
	11h-12h
	14h-15h
	15h-16h
	16h-17h
	17h-18h

Notes

Notes

TOP SECRET

PISTES

4

L-01

FOUILLER LE CASIER DE VICTOR CRUMBLE	TEMPS CONSOMMÉ : 1 HEURE

Marvin, le vigile de la Whitechapel Gallery, vous conduit aux vestiaires du personnel et vous montre le casier de Victor Crumble : « Je suis certain qu'il est resté en l'état depuis sa disparition dans ce tragique incendie. »

Grâce à une pince-monseigneur, vous forcez le cadenas qui bloque la porte du casier.

À l'intérieur de ce casier, vous découvrez un sous-bock en carton arborant le logo d'un pub de l'East End, le Porky's, ainsi qu'une lettre pleine de tendresse écrite par une certaine Lise Sanders, de Wapping High Street, dans l'East End.

Vous trouvez également quelques outils destinés à des opérations de maintenance et un plan de la galerie, sur lequel une grille d'aération située dans les toilettes hommes a été entourée.

Enfin, vous vous attardez quelques instants sur une photographie en noir et blanc représentant deux hommes tout sourires, scotchée à l'intérieur de la porte du casier. Victor Crumble, sur la gauche de la photo, passe son bras au-dessus des épaules d'un policier, qui porte un insigne sur lequel on parvient à déchiffrer « Bethnal Green Police Station ».

Pistes à suivre :

- **L04** : Se rendre au poste de police de Bethnal Green
- **L07** : Se rendre au Porky's Pub
- **L23** : Fouiller le conduit d'aération des toilettes
- **I23** : Interroger Lise Sanders

L-02

FOUILLER LE DOMICILE DE CHARLES CLAY	TEMPS CONSOMMÉ : 4 HEURES

Charles Clay assure n'avoir rien à cacher :

« Si cela peut vous faire plaisir, inspecteur… Allez-y, fouillez toutes les pièces ! Vous ne trouverez rien ! »

Avec l'aide de trois officiers, vous explorez le manoir de Clay à la recherche d'indices. Vous passez toutes les pièces au peigne fin, retournant tous les tableaux et soulevant le moindre tapis.

Au bout de quatre heures, alors que vous vous apprêtez à repartir, bredouilles, un agent vous apporte un pistolet trouvé dans le tiroir du bureau de Clay.

Le collectionneur se dédouane aussitôt :

« J'ai un port d'arme, désormais. Vous pourrez vous en assurer auprès des services compétents si vous le souhaitez. »

Piste à suivre :

- A10 : Expertiser l'arme de Charles Clay

L-03

SE RENDRE À LA PRISON DE WANDSWORTH	TEMPS CONSOMMÉ : 4 HEURES

La prison de Wandsworth, située au sud-ouest de Londres, est l'un des plus grands centres pénitenciers de tout le Royaume-Uni : plus de 1 500 détenus s'entassent en permanence derrière ses barreaux.

Vous vous rendez aux services administratifs de la prison afin d'en savoir plus sur le séjour de Crumble après son arrestation pour vol à main armée.

Un des agents en faction se montre particulièrement coopératif et déniche les informations que vous recherchiez :

« Voilà : Crumble, Victor. Arrivé à Wandsworth en février 1981, suite à un braquage de bijouterie commis en janvier 1981. Il est resté 4 mois dans notre établissement. Oh, mais dites-donc, il a partagé sa cellule avec du beau monde : Charles Clay, le caïd de l'East End ! »

Piste à suivre :

- **D09** : Consulter le dossier de Charles Clay

L-04

SE RENDRE AU POSTE DE POLICE DE BETHNAL GREEN	TEMPS CONSOMMÉ : 1 HEURE

À l'entrée du commissariat, l'organigramme de la division de Bethnal Green est affiché sur un tableau noir :

BETHNAL GREEN POLICE STATION

SUPERINTENDANT ADAM LOWE
INSPECTEUR-CHEF TOBY YOUNG
INSPECTEUR GENE TYLER
INSPECTEUR AUSTIN WRIGHT

Dans la vaste salle à l'atmosphère saturée de fumée de cigarettes, une dizaine d'officiers sont penchés sur leur bureau, occupés à taper leurs rapports ou à échanger sur les affaires en cours.

Tentant de vous faire entendre parmi le brouhaha des cliquetis de machines à écrire et des discussions animées, vous vous présentez à la jeune fille chargée de l'accueil et montrez votre plaque.

« Enchantée, inspecteur Durk. En quoi puis-je vous aider ? Qui venez-vous voir ? »

Pistes à suivre :

- I05 : Interroger le superintendant Adam Lowe
- I10 : Interroger l'inspecteur-chef Toby Young
- I15 : Interroger l'inspecteur Gene Tyler
- I20 : Interroger l'inspecteur Austin Wright

L-05

SE RENDRE AU GARDE-MEUBLE DE WESTMINSTER	TEMPS CONSOMMÉ : 3 HEURES

À cause de la densité de circulation dans le centre de Londres, vous rendre au garde-meuble de Westminster vous prend près de deux heures. Décidément, vous auriez mieux fait d'opter pour le *tube*.

Arrivé sur place, vous interrogez l'agent de sécurité en charge de l'entrepôt. Il examine la clé hexagonale retrouvée à l'hôtel, la teste sur les serrures de la batterie de portes qui mène aux espaces de stockage et rend son verdict, ferme et définitif :

« Non, cette clé ne vient pas d'ici. Vous devriez essayer un autre site, B3S gère plusieurs garde-meubles dans tout Londres. »

L-06

SE RENDRE AU SQUAT DE SUTTON STREET	TEMPS CONSOMMÉ : 2 HEURES

Suivant les conseils de Scott la Parlotte, vous vous rendez au squat de Sutton Street, situé à moins de deux cents mètres de l'hôtel où le corps a été retrouvé.

Il s'agit d'un vieil hangar désaffecté, qui sert en hiver d'abri pour les clochards du quartier. Depuis plusieurs années, la municipalité envisage de détruire le bâtiment pour y construire de nouveaux immeubles d'habitations, mais le projet traîne en longueur…

Vous rentrez par une fenêtre brisée du rez-de-chaussée, prenant garde à ne pas vous blesser avec les morceaux de verre saillants.

À l'intérieur du bâtiment, des toxicos sont allongés sur des matelas à même le sol… Vous refilerez l'adresse à vos collègues des stupéfiants, afin qu'ils organisent une descente par ici. Vous cherchez à interroger quelques personnes, mais aucune n'est réellement en état de vous répondre. Alors que vous vous apprêtez à repartir, vous surprenez une transaction suspecte et décidez d'intervenir. L'acheteur parvient à s'enfuir mais vous réussissez à interpeller le dealer : un certain Nathan Young, à en croire ses papiers d'identité.

Peut-être pourra-t-il vous en apprendre davantage sur votre affaire ?

Pistes à suivre :

- **I13** : Interroger Nathan Young
- **D05** : Consulter le dossier de Nathan Young

L-07

SE RENDRE AU PORKY'S PUB	TEMPS CONSOMMÉ : 1 HEURE

Le Porky's Pub est un bar de quartier enfumé comme il doit en exister des milliers à Londres, mais celui-ci a la particularité de disposer d'une vaste arrière-salle équipée d'une dizaine de tables de billard. Dès 7 heures du matin et jusqu'à tard dans la nuit, vous pourrez trouver au Porky's des habitués vissés au comptoir, une pinte de bière bien fraîche devant eux, et des joueurs de *pool* aguerris, queue de billard à la main.

Vous vous adressez au patron, occupé à nettoyer ses verres avec un torchon à la propreté douteuse :

« Victor Crumble ? Oui, je le connais. Il passait régulièrement ici, surtout pour jouer au billard avec Pete Marshall et Mike Corden. Mais on ne l'a pas trop vu ces derniers temps… Pete et Mike sont justement en train de disputer une partie dans l'arrière-salle. Ils pourront peut-être vous en apprendre davantage sur Crumble, ils le connaissent mieux que moi. »

Pistes à suivre :

- I07 : Interroger Pete Marshall
- I26 : Interroger Mike Corden

L-08

SE RENDRE À MILLWALL DOCK CORPORATION	TEMPS CONSOMMÉ : 2 HEURES

La Millwall Dock Corporation, société d'import-export gérée par Charles Clay, doit être l'une des dernières entreprises encore ouvertes sur l'île aux Chiens, cette ancienne zone industrielle située au creux d'un méandre de la Tamise.

Ce vaste centre portuaire a connu son apogée au début du XXe siècle, mais l'activité s'est ensuite progressivement décalée dans les docklands situés plus à l'est, à l'écart de la ville. L'un après l'autre, les docks de l'île aux Chiens ont donc fermé, laissant place à un quartier totalement sinistré. Les deux derniers docks encore en fonctionnement, mais promis à un proche démantèlement, sont ceux de West India et de Millwall.

Alors que vous pataugez dans une mare de boue devant l'entrée de la société de Clay, un gaillard en salopette vous interpelle depuis le perron :

« Qu'est-ce que vous fichez sur les docks ? On est fermés, aujourd'hui ! Et y'a rien à voir dans le coin, circulez ! »

Décidément, les curieux ne semblent pas les bienvenus par ici…

Pistes à suivre :

- **D01** : Consulter le registre du personnel
- **A05** : Effectuer un prélèvement de boue sur les docks

L-09

FOUILLER L'APPARTEMENT DE DEREK BRICKSTER	TEMPS CONSOMMÉ : 2 HEURES

En moins de deux heures, avec trois de vos hommes, vous retournez le petit appartement de Derek Brickster. Avec rigueur et méthode, vous explorez chaque centimètre carré du logement, soucieux de ne laisser passer aucun indice.

Et votre détermination finit rapidement par payer !

Dans une armoire, caché au milieu d'une pile de vêtements, vous dénichez un pistolet. À vue de nez, un calibre 9 mm… La balistique pourra certainement vous le confirmer et vous dire si l'arme a récemment servi.

Autre découverte majeure : un morceau de papier, retrouvé parmi les cendres de la cheminée, qui ne s'était pas totalement consumé. Seuls quelques mots restent encore lisibles :

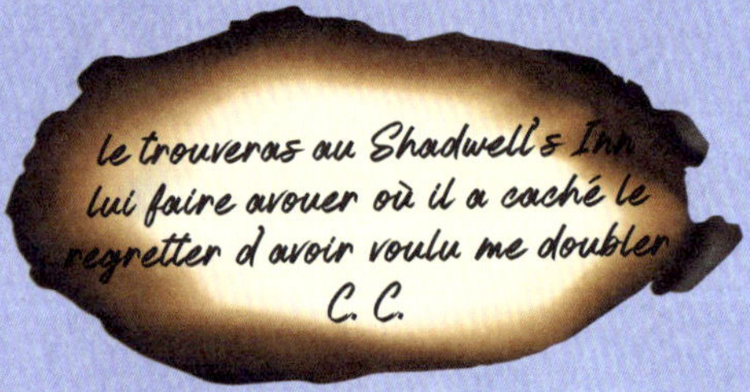

Piste à suivre :

- A04 : Expertiser l'arme retrouvée chez Derek Brickster

L-10

SE RENDRE AU GARDE-MEUBLE DE NOTHING HILL	TEMPS CONSOMMÉ : 3 HEURES

Vous mettez plus de deux heures pour traverser la ville et pour trouver une place à proximité du garde-meuble de Nothing Hill.

Le site semble désert, vous ne trouvez même pas un vigile pour répondre à vos questions. Au bout d'un quart d'heure, un vieil homme se présente enfin devant la porte d'entrée sécurisée.

« Bonjour Monsieur. Police de Scotland Yard. Cette clé, retrouvée dans le cadre d'une enquête, m'a mené jusqu'ici, mais j'ignore comment fonctionne cet endroit.

– La clé hexagonale en votre possession doit vous permettre de déverrouiller la porte principale du bâtiment, puis toutes les portes des différentes allées jusqu'à celle du box qui vous a été attribué. Vous êtes libre de venir ici à n'importe quelle heure du jour ou de la nuit pour y déposer ou y retirer des affaires : c'est la logique du “self-service”. Vous croiserez rarement quelqu'un dans ces couloirs. Moi, je suis libraire : cet endroit me sert à entreposer une partie de mon stock de livres. »

Vous tentez d'ouvrir la porte principale du garde-meuble à l'aide de la clé retrouvée dans la chambre d'hôtel, mais impossible de la faire tourner dans la serrure. À son tour, le vieil homme insère sa clé hexagonale et déverrouille cette fois sans peine la porte.

Il semblerait bien que vous vous soyez trompé de garde-meuble…

L-11

SE RENDRE À LA GARE DE KING'S CROSS	TEMPS CONSOMMÉ : 2 HEURES

Le ticket de métro retrouvé parmi les effets personnels de la victime a été poinçonné le 24 juin à 15 h 08, à la station King's Cross. Vous décidez donc de vérifier si votre homme a pu être aperçu dans les environs.

Vous traversez la ville en voiture de police, gyrophares allumés, et vous vous garez sur une place de livraison.

La gare de King's Cross est le terminus sud de l'East Coast Main Line, qui dessert toute la côte Est de l'Angleterre. Il est donc possible que la victime soit arrivée à Londres le 24 juin à King's Cross en train.

Avec un peu de chance, les services ferroviaires pourront vous indiquer si un billet au nom de Victor Robert Jones a été réservé, et depuis quelle autre gare du pays. Au guichet, un responsable d'une quarantaine d'années semble plus que ravi de pouvoir apporter son aide à un policier :

« Aucun souci ! Nous devrions pouvoir trouver l'information dans notre système de réservation. Avez-vous une date bien précise en tête pour faciliter les recherches ? »

Pistes à suivre :

- **I17** : Interroger le guichetier sur un trajet en train le 24 juin
- **I25** : Interroger le guichetier sur un trajet en train antérieur

L-12

SE RENDRE À LA WHITECHAPEL GALLERY	TEMPS CONSOMMÉ : 1 HEURE

La Whitechapel Gallery, en plein cœur du quartier rendu tristement célèbre par Jack l'Éventreur, est une attraction incontournable pour tous les amateurs d'art contemporain.

Vous saluez le vigile qui contrôle les entrées — un certain Marvin, à en croire le prénom inscrit sur son badge — et lui montrez une photo de la victime de l'hôtel.

« Bonjour Marvin. Police de Scotland Yard. Je suis à la recherche d'informations sur cet homme.

– Oui, je me souviens bien de lui. Victor Crumble. Il travaillait ici comme agent de maintenance. Un jour, en janvier dernier, il ne s'est plus présenté au travail, comme ça, sans prévenir. On a d'abord cru à un abandon de poste, et on a fini par apprendre dans les journaux qu'il était décédé dans l'incendie de son appartement. Triste histoire, c'était si soudain… D'ailleurs, il me semble que son casier personnel n'a même pas été vidé depuis ! Voilà, je ne sais pas quoi vous dire de plus. Moi, je ne m'occupe que de l'accueil des visiteurs. Mais si vous voulez plus d'informations, le directeur de la galerie devrait pouvoir trouver un moment pour vous recevoir. Désirez-vous que je l'appelle ? »

Pistes à suivre :

- **L01** : Fouiller le casier de Victor Crumble
- **I04** : Interroger le directeur de la galerie sur Victor Crumble
- **D14** : Consulter le dossier de Victor Crumble

PROCÉDER À UNE ENQUÊTE DE VOISINAGE	TEMPS CONSOMMÉ : 4 HEURES

Vous réclamez l'aide d'autres officiers du commissariat pour faire le tour des chambres de l'hôtel et des habitations alentour. Peut-être l'un des occupants du quartier aura-t-il remarqué ou entendu quelque chose d'inhabituel ?

Malgré tous vos efforts, vous ne récoltez pas beaucoup d'indices. Seul le jeune homme de la chambre 24, située juste en dessous de celle où le corps de la victime a été retrouvé, vous livre quelques informations dignes d'intérêt :

« Avez-vous entendu quelque chose d'inhabituel, hier soir ? Des cris ? Des bruits de lutte ?

– Des cris ? Vous savez, on en entend toutes les nuits, des cris... C'est l'un des quartiers les plus malfamés de Londres, ici... Alors, oui, il y a eu pas mal de boucan hier soir dans la chambre du dessus. Pour tout vous dire, j'ai entendu les voix d'un homme et d'une femme en début de soirée. Ils étaient vraiment bruyants, mais ils ne semblaient pas se battre ou se disputer, ça non... Ça serait même plutôt le contraire, si vous voyez ce que je veux dire ! Du coup, j'ai préféré mettre des bouchons d'oreilles pour pouvoir m'endormir... Mais j'ai été réveillé un peu plus tard par deux détonations sourdes. J'ai regardé ma montre : il était 22 h 50. Sur le moment, j'ai pensé avoir rêvé. Mais avec le recul, je suis maintenant presque certain qu'il s'agissait de coups de feu ! »

L-14

SE RENDRE AU RESTAURANT FABRIZIO'S POUR VÉRIFIER L'ALIBI DE CHARLES CLAY

TEMPS CONSOMMÉ : 1 HEURE

Le restaurant Fabrizio's est réputé pour être l'une des meilleures tables du nord de Londres. En arrivant devant l'établissement, vous jetez un œil au menu. Clay avait bien raison : vu les prix, vous ne pourrez sans doute jamais vous permettre d'y déjeuner...

Alors que vous poussez la porte, un maître d'hôtel vient aussitôt à votre rencontre. Vous lui expliquez la raison de votre visite et il vous conduit sur-le-champ auprès du directeur, qui n'a aucun mal à se souvenir de la soirée du 25 juin :

« Monsieur Clay a bien passé la soirée dans notre établissement, je peux vous l'assurer. C'est un de nos clients les plus fidèles. Il est venu accompagné de quatre personnes, vers 21 heures, et nous les avons installés à notre meilleure table. Je me souviens d'ailleurs que Monsieur Clay a commandé un Mouton Rothschild 1965. Un excellent cru ! Clay et ses invités ont été les derniers clients à quitter le restaurant, peu après minuit. »

L-15

SE RENDRE AU GARDE-MEUBLE DE CAMDEN TOWN	TEMPS CONSOMMÉ : 2 HEURES

Vous vous rendez au garde-meuble de Camden Town mais, sur place, une mauvaise surprise vous attend : le local a fermé depuis plusieurs mois…

Sur la porte, une affiche aux couleurs de la B3S invite les clients potentiels à se reporter sur l'un des trois autres garde-meubles de la société disponibles à Londres.

L-16

SE RENDRE À LA QUEEN'S TAVERN POUR VÉRIFIER L'ALIBI DE DEREK BRICKSTER	TEMPS CONSOMMÉ : 2 HEURES

Vous vous rendez à la Queen's Tavern, un pub de Whitechapel aux moquettes défraîchies et à l'atmosphère chargée d'odeurs aigres de bière frelatée.

Greg, le patron des lieux, bourru mais sympathique, se souvient bien du passage de Derek Brickster le soir du 25 :

« Brickster ? Oui, il était là vendredi soir. Il est arrivé vers 21 heures, il a descendu trois pintes en quarante-cinq minutes, comme à son habitude, et il est reparti juste après. »

L-17

CONSULTER UN SERRURIER POUR FAIRE EXPERTISER LA CLÉ	TEMPS CONSOMMÉ : 1 HEURE

Armistead Fog est un serrurier de génie, dont la boutique est située à deux pas de la station de métro Whitechapel. Il rend fréquemment service à vos équipes pour ouvrir les serrures récalcitrantes rencontrées au cours de vos enquêtes. S'il existe une personne au monde capable de reconnaître à quoi cette clé au profil hexagonal peut bien correspondre, c'est lui, sans nul doute !

Le vieux Fog examine la petite clé sous tous ses angles à l'aide d'une lampe frontale avant de rendre son verdict, tout sourire :

« Un garde-meuble, j'en mettrais ma main à couper !

– Très intéressant ! Tu as des adresses potentielles ?

– La clé est frappée du logo de la B3S, Bluefield Self-Service Storage. Ils ont quatre sites à Londres à ma connaissance. Vous devriez trouver votre bonheur dans l'un de ces entrepôts... »

Pistes à suivre :

- **L05** : Se rendre au garde-meuble de Westminster
- **L10** : Se rendre au garde-meuble de Nothing Hill
- **L15** : Se rendre au garde-meuble de Camden Town
- **L20** : Se rendre au garde-meuble de Tower Bridge

L-18

SE RENDRE SUR LES LIEUX DE L'INCENDIE	TEMPS CONSOMMÉ : 2 HEURES

Vous vous rendez à Sceptre Road et vous vous garez devant l'appartement autrefois occupé par Victor Crumble. Six mois après l'incendie, le haut de la façade du bâtiment est encore couvert de suie. Les travaux de remise en état n'ont toujours pas été lancés, sans doute retardés par de sombres histoires d'assurances.

Vous voyant observer l'immeuble, une jeune femme d'une trentaine d'années s'avance vers vous, les bras chargés de sacs de courses, et entame la conversation :

« Impressionnant, n'est-ce pas… J'ai eu une frousse bleue, le jour de cet incendie… Et dire qu'un homme a péri dans les flammes. C'est atroce !

– Vous connaissiez un peu la victime ?

– Non, je ne l'ai personnellement croisée qu'une fois ou deux. Je n'habite pas le quartier, je viens juste rendre visite à ma grand-mère. Elle habite juste en face de l'appartement qui a pris feu, elle devait certainement connaître ce pauvre homme.

– Pensez-vous que votre grand-mère aurait un moment à me consacrer pour répondre à quelques questions ? »

Pistes à suivre :

- **L22** : Fouiller l'appartement incendié
- **I24** : Interroger l'ancienne voisine de Victor Crumble

L-19

SE RENDRE AU CAMDEN PALACE POUR VÉRIFIER L'ALIBI DE LISE SANDERS	TEMPS CONSOMMÉ : 3 HEURES

Vous décidez de vous rendre à la salle de spectacle où Lise Sanders assure avoir passé son vendredi soir, juste après avoir quitté Victor Crumble.

Le Camden Palace, situé juste à la sortie de la station de métro Mornington Crescent, est un ancien théâtre reconverti en salle de concert dans les années 1970. Depuis, des groupes de rock et de punk aussi mythiques que The Clash ou Eurythmics s'y sont produits.

Après avoir manqué de vous perdre dans le bâtiment, vous finissez par retrouver l'ouvreuse qui était présente le soir où Crumble a été assassiné.

« Bonjour Mademoiselle. Police de Scotland Yard. On m'a dit que vous vous occupiez des entrées vendredi soir ?

– Oui, c'est exact. Que puis-je faire pour vous ?

– Est-ce que vous vous souvenez avoir vu cette jeune fille venir vers 22 heures pour le spectacle, avec une amie ? »

L'ouvreuse regarde attentivement la photographie de Lise Sanders que vous lui tendez puis vous répond avec une moue dubitative :

« Très sincèrement, je ne me rappelle pas l'avoir vue. Mais il y avait plusieurs centaines de personnes dans le public ce vendredi soir… Je serais bien incapable de me souvenir de chaque visage. Je suis désolée, inspecteur… »

L-20

SE RENDRE AU GARDE-MEUBLE DE TOWER BRIDGE	TEMPS CONSOMMÉ : 2 HEURES

Le vigile qui surveille les entrées au garde-meuble de Tower Bridge reconnaît immédiatement la photo de la victime :

« Oui, je suis formel, c'est bien lui. Il est venu ici le 25 juin. Je m'en souviens, car il semblait particulièrement nerveux. Il était vêtu d'un long imperméable et portait une petite barbe et des lunettes. Je ne saurais pas vous dire pourquoi, mais tout cela sonnait faux. Du coup, je l'ai suivi sur les caméras de sécurité jusqu'à son box, le 1224. On vient de nous installer ce système de vidéosurveillance, c'est un petit bijou ! Voulez-vous que je vous conduise à ce box ? »

Grâce à la clé hexagonale, vous ouvrez sans peine la porte du petit local. Les étagères qui tapissent les murs de la pièce sont toutes désespérément vides. En face de vous, vous remarquez un coffre-fort encastré dans le mur. Devinant votre interrogation, le vigile vous explique :

« Certains de nos box sont équipés de ce type de protection supplémentaire, pour nos clients les plus méfiants. Le code à quatre chiffres est directement paramétré par le locataire du box, même nous ne le connaissons pas... »

Alors que vous vous apprêtez à repartir, vous remarquez sur le sol du box un billet déchiré de la Whitechapel Gallery daté du 25 juin 1982.

Piste à suivre :

- **L12** : Se rendre à la Whitechapel Gallery

L-21

EXAMINER L'ESCALIER DE SECOURS	TEMPS CONSOMMÉ : 2 HEURES

Vous contournez l'immeuble jusqu'à un parking d'une demi-douzaine de places. Un escalier extérieur en ferraille rouillée grimpe le long de la façade de briques.

Vous entamez l'ascension avec prudence pour éviter de passer à côté d'indices potentiels. L'escalier vétuste grince et menace de s'effondrer à tout instant.

Au troisième étage, des traces d'effraction sur le chambranle de la fenêtre donnant sur le couloir attirent votre attention. Sur la margelle de la fenêtre, des empreintes de chaussures attestent également d'une intrusion récente. Le gérant de l'hôtel avait raison : votre assassin est certainement rentré par ici !

Vous vous décidez à redescendre, pour éviter de contaminer la zone en attendant l'arrivée du laboratoire. Arrivé en bas, vous passez le parking au peigne fin à la recherche d'autres indices, et vous finissez par dénicher une douille en cuivre sur le gravier. Le meurtrier l'aura peut-être laissée tomber par inadvertance en quittant en toute hâte la scène de crime ?

Pistes à suivre :

- A03 : Confier au laboratoire l'analyse des empreintes de chaussures
- A08 : Confier au laboratoire l'analyse de la douille

L-22

FOUILLER L'APPARTEMENT INCENDIÉ	TEMPS CONSOMMÉ : 2 HEURES

Vous déchirez les scellés de police encore présents sur la porte de l'appartement du dernier étage pour pouvoir pénétrer dans le studio autrefois occupé par Victor Crumble.

Six mois après l'incendie, l'odeur de brûlé est toujours présente dans l'air.

Le séjour, qui devait également servir de chambre, semble être la zone du logement la plus détériorée, tout particulièrement l'angle de la pièce abritant le poêle à bois, ce qui paraît accréditer la thèse officielle concernant le départ de feu. À quelques mètres de là, au sol, un tracé anguleux au ruban adhésif blanc délimite encore l'espace où le corps du malheureux locataire a été retrouvé.

Dans la salle de bains attenante, plutôt épargnée, vous jetez un œil dans le meuble sous le lavabo. À l'intérieur, vous découvrez près d'une dizaine de bouteilles en plastique d'un litre, presque toutes vides. Vous dévissez le bouchon d'un des récipients et en reniflez le contenu. Aucune odeur…

Piste à suivre :

- **A11** : Analyser les bouteilles retrouvées dans la salle de bains

L-23

FOUILLER LE CONDUIT D'AÉRATION DES TOILETTES	TEMPS CONSOMMÉ : 1 HEURE

Dans les toilettes pour hommes de la Whitechapel Gallery, vous identifiez facilement la bouche d'aération mise en évidence sur le plan retrouvé dans le casier de Crumble. Il s'agit d'une petite grille de plastique carrée, d'une trentaine de centimètres de côté, située à proximité du sol.

Avant de retirer la grille, vous remarquez sur le carrelage des traces de poussière. Cette trappe aurait-elle été récemment déplacée ?

Avec précaution, vous retirez les vis qui retiennent le capot et passez la tête dans la bouche d'aération. À l'aide d'une lampe de poche, vous examinez le conduit.

Rien à signaler...

I-01

INTERROGER LE SUPERINTENDANT BANNISTER AU SUJET DE CHARLES CLAY

TEMPS CONSOMMÉ : 1 HEURE

De retour à Scotland Yard, vous retrouvez votre supérieur, le superintendant Bannister, dans son bureau :

« Patron, que pouvez-vous me dire concernant Charles Clay ?

– Charles Clay ? Le “Collectionneur” ? C'est l'un des parrains de l'East End. Un caïd à la tête des réseaux criminels qui gangrènent le quartier. Vous pensez qu'il pourrait avoir quelque chose à faire dans cette histoire de meurtre ?

– J'ai appris que Victor Crumble et lui se connaissaient, en tout cas... Il est peut-être envisageable qu'ils aient trempé dans des affaires douteuses ensemble, mais que leur association ait fini par mal tourner.

– Et bien, vous pouvez être certain d'une chose : si Clay est mêlé à cette affaire, il est trop intelligent pour s'être sali les mains lui-même ! On n'a réussi à le faire tomber qu'une seule fois, pour port d'arme prohibé. Un coup de chance. D'ordinaire, il laisse plutôt un de ses sbires faire le sale boulot. Un de ses employés, qui fait aussi office d'homme de main : un certain Derek. Une véritable armoire à glace ! Faites bien attention à vous, inspecteur ! »

I-02

INTERROGER FRANK ROBERTS

TEMPS CONSOMMÉ : 3 HEURES

Après avoir perdu du temps pour tenter de cueillir Frank Roberts sur son lieu de travail, vous vous rabattez sur son domicile à Carpenters Estate, un amalgame austère de tours HLM construit quinze ans plus tôt dans la banlieue est de Londres. Roberts finit par vous ouvrir au bout du quatrième coup de sonnette.

« Bonjour Mr. Roberts. J'enquête sur une vieille connaissance à vous, Victor Crumble.

– Ah, ce bon vieux Victor... On a fait les quatre cents coups ensemble, vous savez. Enfin, j'imagine que vous avez déjà lu tout ça dans vos dossiers. Crumble, c'était l'"as du casse". Dommage qu'on se soit fait serrer bêtement, lors de ce vol à la bijouterie Pandora. On a pris quatre mois ferme chacun, à la prison de Wandsworth. Après ça, je me suis rangé des affaires. Enfin, ça fait des souvenirs, comme on dit... En tout cas, ça m'a vraiment fait de la peine, il y a six mois, quand j'ai appris qu'il avait trouvé la mort dans cet incendie... C'était un chic type.

– Mis à part vous, Crumble avait d'autres amis ?

– C'était plutôt quelqu'un de solitaire, vous savez... Mais il me parlait souvent d'un ami d'enfance, un flic de Bethnal Green. Ah, et il fréquentait aussi une fille, une rousse. Un sacré beau brin de femme ! »

Pistes à suivre :

- L03 : Se rendre à la prison de Wandsworth
- L04 : Se rendre au poste de police de Bethnal Green
- I08 : Approfondir l'interrogatoire de Frank Roberts

I-03

APPROFONDIR L'INTERROGATOIRE DE LISE SANDERS

TEMPS CONSOMMÉ : 1 HEURE

Vous tentez de pousser Lise Sanders dans ses retranchements :

« Êtes-vous bien certaine de me dire toute la vérité, Miss Sanders ? Vous savez que je pourrais vous arrêter pour obstruction à l'enquête si j'apprends que vous me cachez des éléments !

– Oh, et puis, à quoi bon mentir, maintenant... Début janvier, Victor m'avait prévenue qu'il avait des ennuis. Il n'avait pas voulu me dire de quoi il s'agissait précisément, mais d'après lui, il devait disparaître, et il avait trouvé une astuce pour faire croire à sa mort avec l'aide d'un flic du commissariat de Bethnal Green, son ami Gene. Pendant plusieurs mois, je n'ai plus eu de nouvelles, mais jeudi après-midi, Victor m'a appelée pour me dire qu'il était de retour. On s'est vus rapidement à son hôtel vendredi, en début de soirée. Ça m'a fait plaisir, d'autant plus qu'il m'a dit avoir arrêté la drogue. Je suis repartie vers 21 h 30, parce que j'avais promis à une amie, Annie Williams, de l'accompagner à une soirée au Camden Palace. Avant que je ne le quitte, Victor m'a laissé un petit mot adorable. Voilà, vous savez tout... Croyez-moi, je ne l'ai pas tué ! »

Pistes à suivre :

- L04 : Se rendre au poste de police de Bethnal Green
- L19 : Se rendre au Camden Palace pour vérifier l'alibi de Lise Sanders
- I12 : Interroger Annie Williams
- A01 : Prendre les empreintes de Lise Sanders

I-04

INTERROGER LE DIRECTEUR DE LA GALERIE SUR VICTOR CRUMBLE

TEMPS CONSOMMÉ : 2 HEURES

Après avoir prévenu son directeur, le vigile de la Whitechapel Gallery vous invite à patienter un court instant. Vous profitez de ce moment de calme dans votre enquête pour arpenter les différentes salles du musée et admirer les œuvres exposées. Au bout d'une demi-heure, le directeur de la galerie, Mark Strongberg, vient vous chercher et vous conduit à son bureau :

« Victor Crumble ? Oui, c'était un de nos agents de maintenance. Nous l'avions recruté peu après sa sortie de prison. Il avait purgé une peine de quelques mois pour un petit braquage, et nous l'avons embauché dans le cadre d'un programme de réinsertion sociale de jeunes détenus. Honnêtement, nous ne l'avons pas regretté : Crumble était quelqu'un de sérieux et d'appliqué dans son travail. Je peux vous assurer que ça a été un sacré choc, pour tout le personnel de la galerie, quand on a appris sa disparition. D'autant plus que tout le monde était à cran, à cette période… Nous venions tout juste de nous faire dérober un tableau inestimable, qui devait être présenté à la galerie dans le cadre de l'exposition Frida Kahlo. »

Pistes à suivre :

- **I27** : Interroger le directeur de la galerie sur le vol du tableau
- **D10** : Consulter le dossier relatif au vol à la Whitechapel Gallery

I-05

INTERROGER LE SUPERINTENDANT ADAM LOWE

TEMPS CONSOMMÉ : 3 HEURES

Le superintendant Adam Lowe est actuellement sur le terrain, mais on vous propose de patienter dans son bureau. Au bout de deux heures d'attente, à bout de nerfs, vous vous apprêtez à quitter les lieux quand le superintendant Lowe, un géant de plus de deux mètres à la moustache soigneusement taillée, entre enfin dans la pièce :

« Désolé de vous avoir fait attendre, inspecteur. On vient seulement de me prévenir de votre visite. Que puis-je faire pour vous ?

– Monsieur le superintendant, j'appartiens au Criminal Investigation Department de Scotland Yard et j'enquête sur une affaire impliquant un certain Victor Crumble.

– Crumble… Ce nom me dit quelque chose… Ce n'est pas ce petit délinquant qui a disparu il y a quelques mois dans l'incendie de son appartement ?

– Oui, tout à fait. Je cherche justement à en savoir plus sur cette affaire et je pensais que vous pourriez m'aider.

– J'ai seulement survolé le dossier. C'est un de mes hommes qui s'est chargé de cette enquête, l'inspecteur Gene Tyler, si j'ai bonne mémoire… »

Piste à suivre :

- I15 : Interroger l'inspecteur Gene Tyler

I-06

INTERROGER LE GÉRANT DE L'HÔTEL

TEMPS CONSOMMÉ : 1 HEURE

Vous retrouvez le gérant du Shadwell's Inn dans une petite pièce en désordre proche de l'entrée qui fait office de réception. Sans perdre un instant, vous l'interrogez sur l'occupant de la chambre 34. Bien qu'un peu bourru, le gérant finit par se confier sans hésiter :

« Ce type a débarqué le jeudi 24 juin, vers 16 heures. Il semblait mal à l'aise, stressé. Il passait son temps à regarder derrière son épaule pour vérifier si personne ne l'avait suivi à l'intérieur de l'hôtel… Je lui ai demandé s'il avait besoin d'aide, ou de conseils pour découvrir le quartier, mais il m'a assuré qu'il connaissait le coin comme sa poche, alors je n'ai pas insisté.

– A-t-il reçu des visites ?

– Oui, le soir juste avant qu'on ne retrouve le corps. Une jeune femme rousse, avec un visage d'ange. Elle est arrivée vers 19 heures, et elle a dû repartir vers 22 ou 23 heures, je ne sais plus exactement. Elle mise à part, je n'ai vu personne. En même temps, votre assassin a très bien pu passer par l'escalier de secours. Il donne sur l'arrière de l'immeuble et dessert tous les étages… »

Piste à suivre :

• L21 : Examiner l'escalier de secours

I-07

INTERROGER PETE MARSHALL

TEMPS CONSOMMÉ : 1 HEURE

Vous interrompez Pete Marshall en plein milieu d'une partie de billard : un véritable sacrilège, à en croire la rancœur qu'il vous témoigne...

« Non, mais vous ne pouviez pas attendre cinq minutes ? Si je perds la partie, vous allez me le payer !

– Surveillez votre langage, vous parlez à un inspecteur de Scotland Yard... J'ai quelques questions à vous poser.

– Hum, bon, allez-y, mais essayez de faire vite...

– Que pouvez-vous me dire au sujet de Victor Crumble ?

– C'était un type qui venait de temps en temps ici, pour jouer au billard...

– Sacré scoop... Mais encore ?

– J'ai entendu dire que son appartement avait cramé, et lui aussi par la même occasion... Triste nouvelle, mais c'est la vie, comme on dit...

– Rien d'autre ?

– Rien d'autre ! Si vous voulez bien m'excuser, mon adversaire attend de recevoir sa dérouillée ! »

Piste à suivre :

- **I16** : Approfondir l'interrogatoire de Pete Marshall

I-08

APPROFONDIR L'INTERROGATOIRE DE FRANK ROBERTS

TEMPS CONSOMMÉ : 1 HEURE

Vous tentez d'insister auprès de Frank Roberts pour lui soutirer davantage d'informations, allant jusqu'à le menacer d'une arrestation en bonne et due forme s'il refuse de coopérer.

« Vous croyez vraiment que cette tentative d'intimidation va fonctionner avec moi ? Avec mon pédigré, j'ai l'habitude des interrogatoires, vous savez… Et si vous aviez quoi que ce soit contre moi, vous m'auriez déjà coffré. Franchement, qu'est-ce que vous voulez que je vous dise de plus sur Victor ?

– Par exemple, est-ce que vous pensez à quelqu'un qui aurait pu lui en vouloir ?

– Pourquoi cette question ? Vous pensez que l'incendie de son appartement aurait pu être d'origine criminelle ? Tout ce dont je me souviens, c'est qu'il avait perdu pas mal d'argent au billard. Il jouait régulièrement dans l'arrière-salle d'un pub, le Porky's. Il devait une petite somme à un des types un peu louches qui traînent là-bas… Mais, quelques jours avant l'incendie, Victor m'avait dit une chose qui m'avait marqué. Il m'avait assuré que la chance allait bientôt tourner, qu'on l'avait, je cite, "mis sur un coup". Il n'a pas voulu m'en dire plus… Maintenant, si vous voulez bien m'excuser, j'ai à faire ! »

Piste à suivre :

- L07 : Se rendre au Porky's Pub

I-09

APPROFONDIR L'INTERROGATOIRE DE CHARLES CLAY

TEMPS CONSOMMÉ : 3 HEURES

Avant de répondre à de nouvelles questions, Charles Clay exige la présence de son avocat. Vous devez donc attendre que maître Dentons vous rejoigne pour assister son client. Deux heures plus tard, vous pouvez enfin commencer l'interrogatoire :

« Monsieur Clay. Vous m'avez indiqué ne pas connaître Victor Crumble, mais j'ai de bonnes raisons de penser le contraire. Cet homme a été retrouvé mort dans une chambre d'hôtel de l'East End. Pouvez-vous m'indiquer ce que vous faisiez, le soir du 25 juin ? »

Charles Clay s'empare de son agenda, dans la poche intérieure de son veston, et tourne les pages tout en vous fixant de son regard sombre :

« Nous y voilà. 25 juin. Oh mais bien sûr, j'ai dîné chez Fabrizio's, avec plusieurs amis. Une excellente table, à quelques minutes d'ici. Je vous conseille ce restaurant, bien que je doute que cela soit dans votre gamme de prix, inspecteur... Quoi qu'il en soit, je suis sûr que le directeur de l'établissement et ses employés pourront vous confirmer que j'y ai passé la soirée. »

Piste à suivre :

- 114 : Se rendre au restaurant Fabrizio's pour vérifier l'alibi de Charles Clay

I-10

INTERROGER L'INSPECTEUR-CHEF TOBY YOUNG

TEMPS CONSOMMÉ : 3 HEURES

Après vous avoir fait patienter pendant deux longues heures dans le hall, l'inspecteur-chef Toby Young finit par vous recevoir dans son bureau. Il ne daigne même pas lever un œil sur vous, trop occupé à taper péniblement un rapport du bout des deux index.

« Qu'est-ce que vous voulez ? Et depuis quand le Yard a-t-il besoin de nos services ?

– Je suis à la recherche d'informations concernant un petit délinquant du nom de Victor Crumble. Il est fort possible que votre division ait eu à traiter des affaires le concernant.

– Victor Crumble ? Connais pas...

– Il aurait semble-t-il disparu dans l'incendie de son appartement, il y a six mois de cela.

– Un incendie dans un appartement, ça n'est pas du ressort d'un inspecteur-chef... Posez donc la question à Wright ou à Tyler ! »

Pistes à suivre :

- I15 : Interroger l'inspecteur Gene Tyler
- I20 : Interroger l'inspecteur Austin Wright

I-11

INTERROGER DEREK BRICKSTER | **TEMPS CONSOMMÉ : 2 HEURES**

Derek Brickster, un rouquin solidement bâti d'une trentaine d'années, au visage flanqué d'une large cicatrice, vous ouvre la porte de son appartement de Whitechapel.

« Police de Scotland Yard, inspecteur Durk. Je recherche des informations concernant un certain Victor Crumble ? Ce nom vous dit-il quelque chose ?

– Jamais entendu parler...

– Je vois... Et que pouvez-vous me dire au sujet de vos rapports avec Charles Clay ?

– Je travaille comme docker à la Millwall Dock Corporation, la société de Monsieur Clay. On se connaît depuis une dizaine d'années maintenant. C'est un bon patron.

– Et que faisiez-vous, le vendredi 25 juin, en soirée ?

– Un vendredi soir, vous dites ? Alors j'étais à la Queen's Tavern, j'y vais systématiquement pour fêter le début du week-end. Demandez à Greg, le taulier, il pourra vous le confirmer. »

Pistes à suivre :

- L16 : Se rendre à la Queen's Tavern pour vérifier l'alibi de Derek Brickster
- I19 : Approfondir l'interrogatoire de Derek Brickster

I-12

INTERROGER ANNIE WILLIAMS | TEMPS CONSOMMÉ : 2 HEURES

Vous retrouvez Annie Williams à la boutique de vinyles de Leicester Square où elle travaille, en plein centre de Londres. La petite blonde mastique un chewing-gum alors que vous l'interrogez sur sa soirée de vendredi pour vérifier l'alibi de son amie Lise Sanders.

« Vendredi soir ? Bien sûr qu'on était au Camden Palace toutes les deux ! C'est le meilleur club de Londres, et j'ai réussi à avoir deux places grâce à un ami à moi qui travaille pour une maison de disques. On n'aurait manqué ça pour rien au monde ! On a dû arriver sur place juste avant 22 heures. L'ambiance était déjà survoltée, on a passé une excellente soirée toutes les deux. On est rentrées en taxi, vers 2 heures du matin je crois. Oh, attendez juste une seconde ! »

Annie repasse derrière le comptoir du magasin, fouille dans son sac et revient en vous tendant une photo :

« Voilà, regardez ! J'avais emporté mon appareil photo instantané avec moi, et j'ai justement pris une photo de Lise devant le Camden Palace à notre arrivée ! »

Pas de doute possible : Lise Sanders a bien passé la soirée de vendredi au Camden Palace...

INTERROGER NATHAN YOUNG	TEMPS CONSOMMÉ : 2 HEURES

Vous ramenez le dealer interpellé dans le squat de Sutton Street au commissariat pour le soumettre à un interrogatoire dans les règles. Vous rentrez dans le vif du sujet en lui montrant une photographie de la victime de l'hôtel.

« Allez, raconte-moi tout ce que tu sais sur cette personne, d'accord ? Et surtout, n'omet aucun détail, ça pourra permettre au juge d'être plus clément quand on te déférera au parquet...

– Je vous assure, inspecteur, je le connais à peine, ce type. Il s'appelle Victor Crumble. Il traînait tout le temps dans le quartier, il venait parfois au squat pour m'acheter un peu de came, mais du jour au lendemain on ne l'a plus vu... Il y a eu des rumeurs, comme quoi il aurait disparu dans l'incendie de son appartement. C'était il y a six mois environ, je crois. Crumble était un petit délinquant, il doit être connu de vos services. Mais lui et moi, on ne jouait pas dans la même cour. Lui, son domaine, c'était plutôt le vol : casses, cambriolages... J'imagine que son complice de l'époque, Frank Roberts, pourra vous en apprendre plus que moi. Dites, vous direz bien au juge que j'ai collaboré, hein ? »

Pistes à suivre :

- **D12** : Consulter le dossier sur l'incendie
- **D13** : Consulter le dossier de Frank Roberts

I-14

INTERROGER L'INDIC SCOTT LA PARLOTTE

TEMPS CONSOMMÉ : 2 HEURES

Vous donnez rendez-vous à Scott la Parlotte, votre indic, dans un pub de Jubilee Street. Scott a grandi dans l'East End et connaît tout le quartier et ses habitants comme sa poche.

« Hello Scotty, ça faisait un bail ! Alors, tu aurais quelques informations intéressantes pour moi, au sujet du meurtre de cette nuit, sur Cable Street ? Je parie que tu en as déjà entendu parler. La victime s'appelle Victor Robert Jones. Tiens, voici une photo. Son visage te dit quelque chose ?

– Victor Robert Jones, vous dites ? Naaan, ce type, c'est Victor Crumble ! Il s'est décoloré les cheveux, mais c'est lui, pas de doute possible ! Il vivait à quelques pâtés de maisons d'ici. Par contre, j'avoue que je suis plutôt surpris... On le disait mort depuis six mois... Enfin, si ce n'est pas lui, c'est son jumeau, vous pouvez me croire ! Je me souviens que Crumble était pas mal porté sur les drogues dures, à l'époque. Du coup, vous feriez peut-être bien de faire un saut du côté de ce squat, sur Sutton Street : tous les junkies du quartier s'y rendent pour se fournir sur place et se défoncer. Si Crumble est vraiment de retour d'entre les morts, possible qu'il soit allé s'approvisionner là-bas... »

Pistes à suivre :

- L06 : Se rendre au squat de Sutton Street
- D14 : Consulter le dossier de Victor Crumble

I-15

INTERROGER L'INSPECTEUR GENE TYLER

TEMPS CONSOMMÉ : 1 HEURE

Vous retrouvez l'inspecteur Gene Tyler dans la salle de repos du commissariat, un café à la main au milieu d'autres collègues. Du haut de son mètre quatre-vingt-dix, Tyler bombe le torse dans son blouson en cuir noir et se vante de sa dernière arrestation musclée auprès d'un public conquis d'avance.

« Bonjour inspecteur Tyler, je peux vous parler en privé ? Police de Scotland Yard, Criminal Investigation Department. J'enquête sur une affaire impliquant un certain Victor Crumble, et je pensais que vous seriez à même de m'aider.

– Victor Crumble... Oui, j'ai enquêté sur un incendie qui s'est déclaré dans un appartement, à deux pas du commissariat, il y a quelques mois. Un type avait péri dans les flammes. Paix à son âme. L'analyse odontologique a permis d'établir qu'il s'agissait bien du locataire de l'appartement, Victor Crumble. L'affaire a été vite bouclée. Je ne vois rien d'autre à ajouter.

– Êtes-vous bien certain de ne rien me cacher, inspecteur ?

– Je vous ai dit tout ce que je savais. Maintenant, si vous voulez bien m'excuser, j'ai du travail ! »

Pistes à suivre :

- I22 : Approfondir l'interrogatoire de l'inspecteur Gene Tyler
- A12 : Prendre les empreintes de Gene Tyler

I-16

APPROFONDIR L'INTERROGATOIRE DE PETE MARSHALL

TEMPS CONSOMMÉ : 2 HEURES

Devant le manque de coopération flagrant de Pete Marshall, vous décidez de l'emmener au poste de police pour un interrogatoire plus poussé.

Dans cet environnement moins familier, le joueur de billard ne fanfaronne pas autant :

« Qu'est-ce… Qu'est-ce que vous me voulez ?

– Je veux tout savoir concernant vos rapports avec Victor Crumble. Par exemple… Est-ce qu'il ne vous devait pas un peu d'argent, par le plus grand des hasards ?

– Oh, ça… Oui, je le reconnais, il me devait un petit paquet d'argent… Du coup, avec cette histoire d'incendie, ce fric, je me suis assis dessus… Vous ne croyez tout de même pas que c'est moi qui ai mis le feu chez Crumble ? »

Piste à suivre :

- A09 : Prendre les empreintes de Pete Marshall

I-17

INTERROGER LE GUICHETIER SUR UN TRAJET EN TRAIN LE 24 JUIN

TEMPS CONSOMMÉ : 1 HEURE

Vous donnez le plus d'informations possible à votre interlocuteur :

« J'ai de bonnes raisons de penser qu'un voyageur du nom de Victor Robert Jones aurait réservé un billet, ayant pour destination la gare de King's Cross, pour le 24 juin dernier. Un train qui serait probablement arrivé aux environs de 16 heures.

– Avec autant de précisions, cela devrait être rapide. Laissez-moi quelques minutes, je vais interroger notre centrale de réservation. »

Un petit quart d'heure plus tard, le responsable revient vous voir, un sourire de fierté sur les lèvres :

« Vous aviez parfaitement raison, inspecteur ! Le dénommé Victor Robert Jones a bien réservé une place à bord du train 7M81 en provenance de Sheffield et à destination de Londres, le 24 juin dernier. »

I-18

INTERROGER LE DR. MILLER, EXPERT ODONTOLOGISTE

TEMPS CONSOMMÉ : 2 HEURES

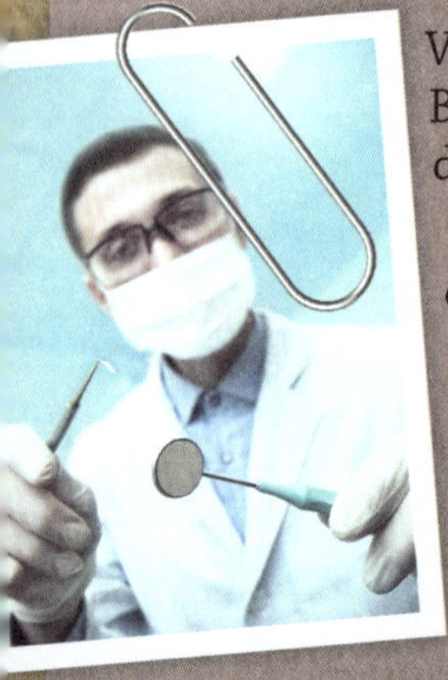

Vous vous rendez au cabinet du Dr. Miller, situé sur Baker Street. L'expert accepte de vous recevoir entre deux rendez-vous.

« Bonjour Docteur. J'aurais besoin de votre éclairage concernant une expertise dentaire que vous aviez réalisée début janvier, suite à un incendie.

– Le corps calciné de Sceptre Road ? Oui, je m'en souviens parfaitement. L'inspecteur de Bethnal Green chargé de l'affaire, un certain Gene Tyler si je me souviens bien, m'avait tiré du lit à l'époque, me demandant de me rendre en toute hâte à la morgue pour procéder à l'expertise. En pleine nuit ! Je n'avais vraiment pas saisi l'urgence de la situation, mais j'ai obtempéré. J'ai rendu mon rapport immédiatement. De mémoire, il n'y avait aucun élément particulier permettant l'identification du corps.

– En êtes-vous bien certain ? J'ai avec moi votre rapport du 6 janvier 1982, qui indique que vous avez formellement identifié la victime grâce à une incisive manquante.

– Montrez-moi ça ! Non, je regrette, ce n'est pas le rapport que j'ai signé. Je suis formel, il s'agit d'un faux ! »

Piste à suivre :

- 104 : Se rendre au poste de police de Bethnal Green

I-19

APPROFONDIR L'INTERROGATOIRE DE DEREK BRICKSTER	TEMPS CONSOMMÉ : 1 HEURE

Vous décidez de pousser plus avant l'interrogatoire de Derek Brickster. Peut-être que le gros dur finira par lâcher une information intéressante ou se trahira.

Mauvaise stratégie… Devant vos questions insistantes et vos menaces, Brickster se referme aussitôt :

« Écoutez, Monsieur Clay m'a bien prévenu : si jamais la police me cherche des ennuis, j'ai le droit de me taire et de demander la présence d'un avocat. Je peux passer un coup de téléphone ? »

I-20

INTERROGER L'INSPECTEUR AUSTIN WRIGHT

TEMPS CONSOMMÉ : 1 HEURE

La demoiselle chargée de l'accueil au poste de police de Bethnal Green vous conduit jusqu'au bureau de l'inspecteur Austin Wright, une jeune recrue d'une vingtaine d'années, engoncé dans un costume en tweed marron trop petit pour lui.

Vous décidez d'aller à l'essentiel :

« Bonjour, inspecteur Wright. Police de Scotland Yard. Je cherche des informations concernant une ancienne affaire impliquant un certain Victor Crumble.

— Je… C'est-à-dire que je viens tout juste d'être affecté à ce commissariat. Je crains de ne pas pouvoir vous aider… Avez-vous consulté le superintendant Lowe ? Il saura très certainement vous renseigner. »

Piste à suivre :

- 105 : Interroger le superintendant Adam Lowe

I-21

INTERROGER CHARLES CLAY | TEMPS CONSOMMÉ : 2 HEURES

Vous vous rendez au domicile de Charles Clay pour l'interroger. Le mafieux habite dans un manoir cossu de style georgien de la fin du XVIIIe siècle, sur les hauteurs de Londres, dans le quartier huppé de Highgate.

Un majordome vient vous ouvrir dès le premier coup de sonnette et vous conduit dans un salon richement décoré de toiles de grands maîtres contemporains : Pollock, Hockney, Caulfield… Il doit y en avoir pour des millions de livres.

Charles Clay, qui finit par vous rejoindre, un verre de champagne à la main, vous impressionne d'emblée par sa carrure.

« Que puis-je faire pour vous, inspecteur ?

– Je viens vous parler de Victor Crumble.

– Crumble, Crumble, Crumble… Non, je ne vois pas. Je crains que vous ayez fait tout ce chemin pour rien, ce nom m'est totalement inconnu.

– En êtes-vous bien certain ?

– Parfaitement sûr. Si vous n'avez pas d'autres questions, je vais demander à mon majordome de vous raccompagner. »

Pistes à suivre :

- L02 : Fouiller le domicile de Charles Clay
- I09 : Approfondir l'interrogatoire de Charles Clay

I-22

APPROFONDIR L'INTERROGATOIRE DE GENE TYLER	TEMPS CONSOMMÉ : 1 HEURE

Devant le manque de coopération flagrant de l'inspecteur Tyler, vous décidez de tenter un coup de bluff :

« Écoutez, je suis au courant de vos combines avec Crumble. Si vous ne passez pas à table tout de suite, vous devrez me suivre au Yard et je peux vous assurer que ça sera la fin de votre carrière !

— Oh, je savais bien que cette histoire me retomberait dessus un jour ou l'autre... Oui, j'ai aidé Victor à disparaître. C'est un ami d'enfance, et il est venu me voir un jour, désespéré. Il voulait que je l'aide à simuler sa mort... J'ignore pourquoi il en est arrivé là... J'ai récupéré le cadavre d'un clochard à la morgue, et on l'a placé dans l'appartement avant d'y mettre le feu. Ensuite, j'ai falsifié le rapport de l'expert odontologiste pour faire croire au décès de Victor dans l'incendie. En fait, je n'ai fait que retarder les choses : j'ai appris aujourd'hui qu'on venait de retrouver son corps au Shadwell's Inn. Je savais qu'il finirait par lui arriver malheur s'il réapparaissait...

– Vous savez qui aurait pu lui en vouloir ?

– J'y ai un peu réfléchi... Il devait un paquet de fric à un certain Pete, avec qui il jouait souvent au billard au Porky's Pub. Sinon, j'ai appris que suite à son passage en prison, il avait commencé à trafiquer des trucs pas très nets pour Charles Clay, un gros bonnet du quartier. "Le Collectionneur", comme il se fait appeler... »

Pistes à suivre :

- L07 : Se rendre au Porky's Pub
- D09 : Consulter le dossier de Charles Clay

I-23

INTERROGER LISE SANDERS	TEMPS CONSOMMÉ : 2 HEURES

Lise Sanders, une jeune fille d'une vingtaine d'années à l'étincelante chevelure rousse, vous reçoit à son domicile, un modeste appartement situé au dernier étage d'une résidence à deux pas de la Tamise. Elle semble particulièrement secouée lorsque vous lui annoncez que vous enquêtez sur la mort de Victor Crumble et tire nerveusement sur sa cigarette alors que vous l'interrogez.

« Victor Crumble... Oui, c'est... Enfin, c'était... Comment dire... Il n'était pas vraiment mon petit ami, mais on se fréquentait régulièrement. Il... Il a disparu il y a plusieurs mois, dans l'incendie de son appartement. C'était vraiment tragique, ça m'a fichu un tel choc !

– Et vous pouvez m'assurer n'avoir pas revu Victor Crumble depuis, Miss Sanders ?

– Non... Enfin, je veux dire... Oui, je vous l'assure. Je vous l'ai dit, Victor a disparu il y a six mois. Je n'ai rien de plus à vous dire sur le sujet ! »

Piste à suivre :

- 103 : Approfondir l'interrogatoire de Lise Sanders

I-24

INTERROGER L'ANCIENNE VOISINE DE VICTOR CRUMBLE

TEMPS CONSOMMÉ : 2 HEURES

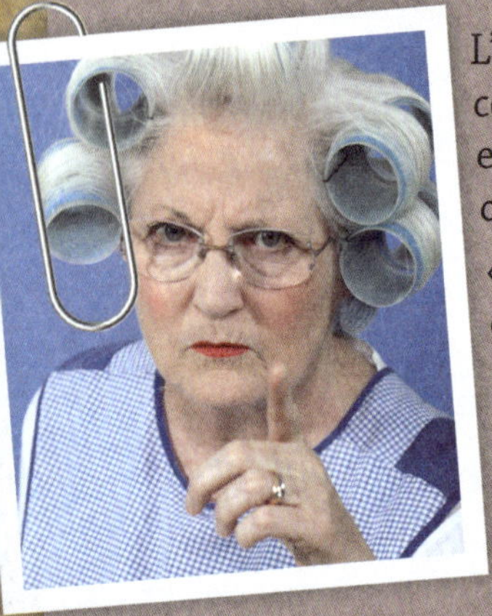

L'ancienne voisine de Victor Crumble, une vieille commère acariâtre, vous autorise à entrer chez elle à la condition expresse que vous retiriez vos chaussures et que vous enfiliez des patins.

« Merci d'accepter de répondre à ces quelques questions. Racontez-moi, quel genre de voisin était Victor Crumble ?

– Mr. Crumble a toujours été tout à fait correct, mais je dois être franche avec vous : tout le monde dans le quartier savait qu'il se droguait ! Il enchaînait les petits boulots, comme cet emploi à la Whitechapel Gallery, pour pouvoir se payer ses… ses substances honteuses !

– Vous souvenez-vous s'il recevait souvent du monde chez lui ?

– Oui, j'y repense tout à coup. Il y avait cette jeune fille rousse, qui venait le voir régulièrement… Elle garait toujours sa vieille Austin Mini rouge toute cabossée n'importe comment dans la rue… J'avais même noté le numéro d'immatriculation à l'époque, je dois encore l'avoir quelque part. Ah, le voici : 883 GUL ! »

Pistes à suivre :

- L12 : Se rendre à la Whitechapel Gallery
- D08 : Faire une recherche sur le numéro de plaque d'immatriculation

I-25

INTERROGER LE GUICHETIER SUR UN TRAJET EN TRAIN ANTÉRIEUR	TEMPS CONSOMMÉ : 2 HEURES

Vous ne disposez pas d'informations très précises, mais vous tentez le coup malgré tout :

« Auriez-vous la possibilité de vérifier si un certain Victor Robert Jones a réservé un billet, au départ de Londres, au cours de ces derniers mois ?

– Sans la date exacte, ça risque d'être compliqué, mais je vais voir ce que je peux faire. Installez-vous dans le hall de la gare, car cela va sans doute prendre un peu de temps… Je viens vous trouver dès que je parviens à obtenir l'information de la centrale de réservation. »

Vous patientez sur un banc, votre carnet à la main, passant en revue les pistes suivies jusqu'à présent et tentant d'échafauder de nouvelles hypothèses. Au bout d'une heure, le responsable court vers vous, le regard triomphant :

« Nous avons trouvé, inspecteur ! Votre homme, ce Victor Robert Jones, a pris place à bord du train 7M83 le 5 janvier de cette année, au départ de King's Cross et à destination de Sheffield ! »

I-26

INTERROGER MIKE CORDEN	TEMPS CONSOMMÉ : 1 HEURE

Vous parvenez à échanger quelques mots avec Mike Corden entre deux parties de billard.

« Crumble ? Bien sûr que je me souviens de lui. Un gars très sympa, doublé d'un sacré bon joueur ! Et il nous régalait avec ses histoires de cambriolages ! Ça m'a fait de la peine quand j'ai appris ce qui lui était arrivé… Vraiment, c'était un chic type. Enfin, c'est mon opinion personnelle… Tout le monde ici ne partagera pas forcément cet avis…

– Qu'entendez-vous par là ?

– J'en ai peut-être trop dit… Mais touchez-en un mot à Pete, et vous verrez… Crumble lui devait pas mal d'argent. Je ne sais pas si je devrais en parler, mais j'avais entendu Pete lui dire, un soir où on avait tous trop bu : "Si tu ne me rembourses pas très vite, t'es un homme mort !" »

Piste à suivre :

- **I07 :** Interroger Pete Marshall

I-27

INTERROGER LE DIRECTEUR DE LA GALERIE SUR LE VOL DU TABLEAU

TEMPS CONSOMMÉ : 1 HEURE

« Pouvez-vous m'en dire plus, au sujet du vol de ce tableau ?

– Eh bien, j'ai parlé d'un vol, mais en fait, c'est un véritable mystère... Le tableau a disparu le 5 janvier dernier. C'était un mardi. La galerie était fermée au public ce jour-là, car nous terminions la mise en place d'une exposition consacrée à Frida Kahlo. Peu avant 18 heures, je me suis rendu dans la salle du fond et j'ai réalisé qu'un des tableaux avait disparu des caisses que nous venions de recevoir. Une toile magnifique, d'environ 40 cm sur 60, qui devait valoir plusieurs milliers de livres. J'ai immédiatement alerté Marvin, notre vigile, qui a condamné toutes les issues. Tout le monde a été méticuleusement fouillé. Aucune trace du tableau...

– Victor Crumble travaillait-il, ce jour-là ?

– Oui, il me semble d'ailleurs que c'était le dernier jour où nous l'avons vu... Le malheureux a péri dans l'incendie de son appartement le soir-même.

– Cela n'a-t-il pas éveillé chez vous quelque soupçon ?

– Comme je vous l'ai dit, tous les employés ont été fouillés lorsqu'ils ont quitté la galerie. Crumble au même titre que tous les autres... »

D-01

CONSULTER LE REGISTRE DU PERSONNEL DE LA MDC

TEMPS CONSOMMÉ : 1 HEURE

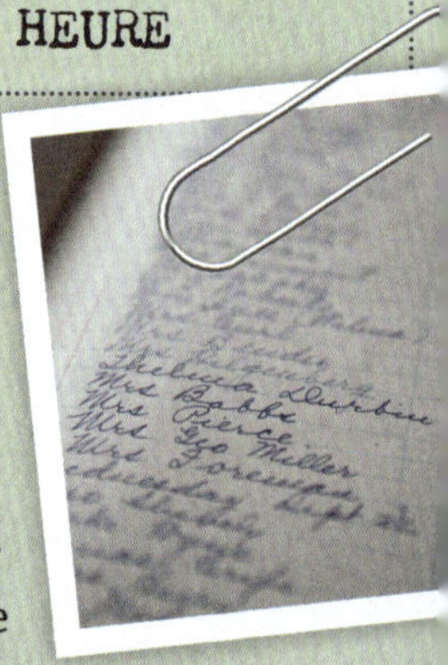

Le grand gaillard rencontré à l’entrée de la Millwall Dock Corporation tente de vous dissuader : « Mon patron n’aime pas trop qu’on fouille dans ses affaires, vous savez... »

Qu’importe, vous épluchez le registre du personnel à la recherche d’une information précieuse. Peut-être l’un de ces employés a-t-il déjà un casier judiciaire et donc un dossier dans les archives de la police ?

PRÉNOM	NOM	NÉ LE	DATE D’ENTRÉE	TAILLE DU BLEU DE TRAVAIL	POINTURE
Robert	Baker	01/02/62	18/07/80	3	38
Derek	Brickster	12/09/51	24/01/72	6	45
Stephen	Hobbs	25/05/56	21/10/78	6	43
Jude	Rice	19/09/44	29/01/77	4	41

Pistes à suivre :

- **D03** : Rechercher un éventuel dossier au nom de Baker
- **D07** : Rechercher un éventuel dossier au nom de Brickster
- **D11** : Rechercher un éventuel dossier au nom de Hobbs
- **D15** : Rechercher un éventuel dossier au nom de Rice

D-02

CONSULTER LE RAPPORT DE L'EXPERT ODONTOLOGISTE

TEMPS CONSOMMÉ : 1 HEURE

RAPPORT D'EXPERTISE ODONTOLOGIQUE

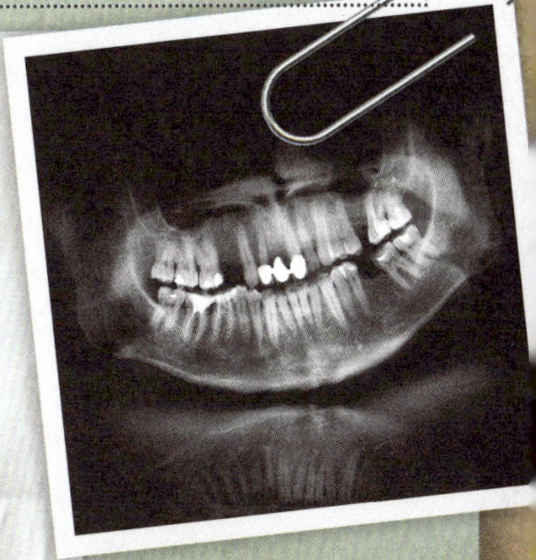

L'expertise odontologique porte sur un corps retrouvé dans l'incendie d'un appartement situé au 122 Sceptre Road, Bethnal Green, Londres, le 5 janvier 1982.

L'analyse de la dentition de la victime met en évidence une absence congénitale d'incisive latérale supérieure gauche, conformément aux radiographies dentaires de Victor Crumble.

La présente expertise permet par conséquent d'affirmer avec certitude que la victime est bien Victor Crumble.

Le 06/01/1982 à 3 h 21

Dr. Miller

Piste à suivre :

- I18 : Interroger le Dr. Miller, expert odontologiste

D-03

RECHERCHER UN ÉVENTUEL DOSSIER AU NOM DE BAKER	TEMPS CONSOMMÉ : 3 HEURES

Au poste de police, vous demandez à lancer une recherche d'antécédent judiciaire au nom d'un certain Robert Baker, né en février 1962.

La requête n'aboutit à rien de probant parmi les dossiers de Scotland Yard. Vous élargissez ensuite la recherche à l'ensemble des *boroughs* de Londres, sans plus de succès.

Le dénommé Robert Baker est inconnu des services de police.

D-04

EFFECTUER UNE RECHERCHE COMPLÉMENTAIRE D'ÉTAT CIVIL POUR VICTOR CRUMBLE	TEMPS CONSOMMÉ : 1 HEURE

Vous vous déplacez à la mairie de Shoreditch, en banlieue de Londres, pour effectuer une recherche complémentaire d'état civil sur la personne de Victor Crumble.

Après avoir expliqué la raison de votre visite, un agent municipal vous conduit à la salle des archives, où vous pouvez consulter le registre des naissances. Dans l'épais dossier correspondant au mois d'août 1949, vous finissez par dénicher l'acte d'état civil complet de Victor Crumble et parvenez ainsi à récolter l'ensemble des informations concernant sa famille.

VICTOR CRUMBLE

Né le 26/08/1949 à Shoreditch, Londres

PARENTS

- Mark Crumble (né le 12/03/1920 à Sheffield, Yorkshire, décédé le 10/05/1977 à Shoreditch, Londres) et Hannah Crumble, née Morris (née le 08/05/1922 à Virginia Water, Surrey, décédée le 12/06/1978 à Shoreditch, Londres)

LIENS FAMILIAUX

- Fratrie : néant
- Autres liens familiaux identifiés : Doug Crumble (né le 30/07/1948 à Sheffield, Yorkshire), cousin domicilié à Sheffield, Yorkshire.

D-05

CONSULTER LE DOSSIER DE NATHAN YOUNG	TEMPS CONSOMMÉ : 2 HEURES

NATHAN YOUNG

- Date de naissance : 12/02/1961
- Lieu de naissance : Whitechapel, Londres (East End)
- Taille : 1,75 m Poids : 69 kg
- Yeux : bleus Cheveux : blonds
- Signes particuliers : tatouage sur le bras droit

CASIER JUDICIAIRE

- 10/07/1977 : Arrêté pour possession de stupéfiants
- 09/11/1977 : Arrêté pour possession de stupéfiants, déféré devant le juge pour enfants et condamné à 3 mois de travaux d'intérêt général
- 17/06/1980 : Arrêté pour vente de stupéfiants

Indice découvert :

- **#16** : Empreintes de Nathan Young

D-06

CONSULTER L'ARTICLE DE JOURNAL DU 6 JANVIER 1982 SUR L'INCENDIE

TEMPS CONSOMMÉ : 1 HEURE

INCENDIE SUR SCEPTRE ROAD

Une victime parmi les décombres. Le poêle à bois mis en cause.

Un incendie s'est déclaré hier soir, peu après 20 h, dans un appartement situé au 122 Sceptre Road, Bethnal Green, Londres.

Prévenus par des voisins, les secours sont intervenus en moins de quinze minutes. Deux fourgons incendie, une échelle, un véhicule porteur d'eau et deux ambulances ont été dépêchés sur place.

L'inspecteur Gene Tyler, du poste de police de Bethnal Green, en charge de l'affaire, nous a confirmé que l'incendie avait fait une malheureuse victime : Victor Crumble, le locataire de l'appartement où le feu s'est déclaré, a succombé à ses blessures.

L'officier de police nous a déclaré avoir d'emblée écarté la thèse criminelle. Selon lui, un dysfonctionnement du poêle à bois serait à l'origine de l'incendie.

Grâce à l'intervention rapide des secours, le feu ne s'est pas propagé et les dommages à l'immeuble sont « relativement mineurs » d'après la police.

Les habitants du voisinage ont ainsi pu regagner leurs logements au début de la matinée.

DISPARITION ÉTRANGE À LA WHITECHAPEL GALLERY

Hier, en plein après-midi, un tableau de l'exposition dédiée à Frida Kahlo a disparu à la Whitechapel Gallery, spécialisée en art contemporain.

Le directeur, Mark Strongberg, s'est rendu compte des faits peu avant 18 h. Si la thèse du vol reste pour l'instant privilégiée, la police ne parvient toujours pas à comprendre comment le tableau a pu disparaître.

(suite en page 5)

RECHERCHER UN ÉVENTUEL DOSSIER AU NOM DE BRICKSTER	TEMPS CONSOMMÉ : 2 HEURES

À Scotland Yard, vous dénichez sans trop de difficulté un dossier sur Brickster :

DEREK BRICKSTER

- Date de naissance : 12/09/1951
- Lieu de naissance : Ratcliff, Londres (East End)
- Taille : 1,89 m
- Poids : 99 kg
- Yeux : bleus
- Cheveux : roux
- Signe particulier : cicatrice sur la joue droite

INFORMATIONS COMPLÉMENTAIRES

- Dernier domicile connu : 40 Alie St, Whitechapel, Londres

CASIER JUDICIAIRE

- 12/05/1970 : Condamné à 6 mois de TIG pour coups et blessures
- 22/03/1972 : Coupable d'agression en bande organisée et vol à l'arraché
- 21/01/1975 : Interpellé suite à une rixe dans un pub (circonstances aggravantes : port d'arme illégal)
- 05/12/1976 : Menaces sur agent de police
- 17/04/1979 : Inculpé pour violences volontaires

EMPLOIS CONNUS

- Docker, Millwall Dock Corporation

Pistes à suivre :

- L09 : Fouiller l'appartement de Derek Brickster
- I11 : Interroger Derek Brickster

Indice découvert :

- #10 : Empreintes de Derek Brickster

D-08

FAIRE UNE RECHERCHE SUR LE NUMÉRO DE PLAQUE D'IMMATRICULATION	TEMPS CONSOMMÉ : 1 HEURE

De retour au poste de police, vous interrogez vos collègues du service en charge des immatriculations. Ils devraient être en mesure de vous apprendre à qui appartient la voiture dont la voisine de Crumble avait noté la plaque.

Après une courte recherche dans les archives, un agent revient vers vous en vous tendant une fiche cartonnée :

IMMATRICULATION 883 GUL

VÉHICULE

- Marque / Modèle : Austin Mini Cooper
- Année de mise en service : 1968
- Couleur : rouge

PROPRIÉTAIRE

- Lise Sanders
- 122 Wapping High Street, St Katharine's & Wapping, London

Piste à suivre :

- 123 : Interroger Lise Sanders

D-09

CONSULTER LE DOSSIER DE CHARLES CLAY

TEMPS CONSOMMÉ : 2 HEURES

CHARLES CLAY

- Date de naissance : 17/08/1941
- Lieu de naissance : Whitechapel, Londres (East End)
- Taille : 1,91 m
- Poids : 108 kg
- Yeux : noirs
- Cheveux : noirs
- Signes particuliers : monocle à l'œil droit

INFORMATIONS COMPLÉMENTAIRES

- Suspecté d'être à la tête d'un des plus grands réseaux criminels et mafieux de Londres.
- Grand amateur d'art contemporain, d'où son surnom dans le milieu de la pègre londonienne : « le Collectionneur »
- Dernier domicile connu : 93 Highgate West Hill, Highgate, Londres

CASIER JUDICIAIRE

- 12/08/1980 : Arrêté par le superintendant Bannister pour port d'arme illégal. Condamné à six mois de prison ferme.

EMPLOIS CONNUS

- Fondateur et directeur de la MDC (Millwall Dock Corporation), entreprise d'import-export située sur l'île aux Chiens. Cette société sert probablement de couverture pour du blanchiment d'argent sale (Clay n'y met jamais les pieds), mais ce fait n'a jamais pu être prouvé.

Pistes à suivre :

- L08 : Se rendre à Millwall Dock Corporation
- I01 : Interroger le superintendant Bannister au sujet de Charles Clay
- I21 : Interroger Charles Clay

Indice découvert :

- #08 : Empreintes de Charles Clay

D-10

CONSULTER LE DOSSIER RELATIF AU VOL À LA WHITECHAPEL GALLERY

TEMPS CONSOMMÉ : 2 HEURES

DISPARITION D'UN TABLEAU À LA WHITECHAPEL GALLERY LE 05/01/1982

DESCRIPTION DES FAITS

Le 5 janvier 1982, à 18h20, Mark Strongberg contacte la police de Whitechapel au sujet de la disparition d'un tableau.

Personnes présentes dans la galerie au moment des faits :
- Mark Strongberg, directeur
- Vivian O'Sullivan, commissaire d'exposition
- Victor Crumble, agent de maintenance
- Marvin Davis, vigile

Ces quatre personnes ont été fouillées lorsqu'elles ont quitté la galerie. Le musée a également été perquisitionné, sans succès.

CONCLUSIONS DE L'ENQUÊTE

- Les toiles exposées dans le cadre de l'exposition Frida Kahlo étaient arrivées à la galerie dans de grandes caisses en bois, en provenance directe de Paris.
- Le directeur Strongberg n'a pas été en mesure de confirmer avec certitude que le tableau prétendu disparu était bien présent dans les caisses au moment de leur ouverture. Une simple erreur logistique reste donc la thèse privilégiée.
- La Whitechapel Gallery étant assurée contre ce type de dégâts matériels lors d'un transport, aucune suite n'a finalement été donnée à l'enquête.

D-11

RECHERCHER UN ÉVENTUEL DOSSIER AU NOM DE HOBBS	TEMPS CONSOMMÉ : 3 HEURES

Vous interrogez les archives de Scotland Yard à la recherche d'informations concernant un certain Stephen Hobbs, né le 25 mai 1956.

En l'absence de résultat, vous tentez d'étendre la recherche à tout le Grand Londres, ce qui vous demande près de deux heures supplémentaires.

Tout ce temps perdu, pour rien : le nom de Stephen Hobbs ne figure dans aucun fichier de police judiciaire.

D-12

CONSULTER LE DOSSIER SUR L'INCENDIE

TEMPS CONSOMMÉ : 3 HEURES

INCENDIE AU 122 SCEPTRE ROAD LE 05/01/1982

DESCRIPTION DES FAITS

Le 5 janvier 1982, à 20 h 10, un incendie s'est déclaré au dernier étage du 122 Sceptre Road, Bethnal Green, Londres, au domicile de Victor Crumble.

Des voisins, alertés par l'odeur et la fumée noire, ont appelé les secours à 20 h 14. La LFB (London Fire Brigade) est arrivée sur place à 20 h 28, suivie par la LAS (London Ambulance Service) à 20 h 32. La police de Bethnal Green était déjà sur place.

DÉGÂTS MATÉRIELS ET HUMAINS

- Grâce à l'arrivée rapide des pompiers, les dégâts ont pu être circonscrits à l'appartement où l'incendie s'était déclaré.
- Le corps calciné d'un homme a été retrouvé dans les décombres de l'appartement. Il a été déclaré mort à l'arrivée des secours.
- La victime a pu être identifiée comme étant le locataire de l'appartement, Victor Crumble, grâce à l'analyse de sa dentition menée par l'expert odontologiste mandaté par l'officier de police chargé de l'affaire (rapport de l'expert disponible en PJ).

ORIGINES POSSIBLES DE L'INCENDIE

Dysfonctionnement du poêle à bois

POSTE DE POLICE EN CHARGE DE L'AFFAIRE : BETHNAL GREEN

Pistes à suivre :

- L04 : Se rendre au poste de police de Bethnal Green
- L18 : Se rendre sur les lieux de l'incendie
- D02 : Consulter le rapport de l'expert odontologiste
- D06 : Consulter l'article de journal du 6 janvier 1982 sur l'incendie

D-13

CONSULTER LE DOSSIER DE FRANK ROBERTS	TEMPS CONSOMMÉ : 2 HEURES

FRANK ROBERTS

- Date de naissance : 12/06/1950
- Lieu de naissance : Whitechapel, Londres (East End)
- Taille : 1,79 m
- Poids : 87 kg
- Yeux : verts
- Cheveux : bruns
- Signes particuliers : néant

INFORMATIONS COMPLÉMENTAIRES

Dernier domicile connu : Carpenters Estate, Stratford, Londres

EMPLOIS CONNUS

- 1979-1981 : mécanicien chez Bradley Autos (Greenwich)
- 1982- ? : technicien pour Morgan Motor (Limehouse, Londres)

CASIER JUDICIAIRE

- 10/01/1981 : Interpellé suite à un vol à main armée à la bijouterie Pandora de London Bridge

COMPLICES CONNUS

- Victor Crumble

Pistes à suivre :

- I02 : Interroger Frank Roberts
- D14 : Consulter le dossier de Victor Crumble
- D16 : Consulter le dossier sur le braquage de la bijouterie

Indice découvert :

- #04 : Empreintes de Frank Roberts

D-14

CONSULTER LE DOSSIER DE VICTOR CRUMBLE

TEMPS CONSOMMÉ : 3 HEURES

VICTOR CRUMBLE

- Date de naissance : 26/08/1949
- Lieu de naissance : Shoreditch, Londres (East End)
- Taille : 1,85 m
- Poids : 82 kg
- Yeux : marron
- Cheveux : bruns
- Signes particuliers : incisive latérale supérieure droite manquante

INFORMATIONS COMPLÉMENTAIRES

Décédé le 05/01/1982 dans l'incendie de son appartement de Sceptre Road

CASIER JUDICIAIRE

- 05/10/1978, 17/06/1979 : Arrêté pour détention de drogue
- 10/01/1981 : Interpellé suite à un vol à main armée à la bijouterie Pandora de London Bridge

EMPLOIS CONNUS

- 1981-1982 : agent de maintenance à la Whitechapel Gallery

COMPLICES

- Frank Roberts

Pistes à suivre :

- L12 : Se rendre à la Whitechapel Gallery
- D04 : Effectuer une recherche complémentaire d'état civil pour Victor Crumble
- D12 : Consulter le dossier sur l'incendie
- D13 : Consulter le dossier de Frank Roberts
- D16 : Consulter le dossier sur le braquage de la bijouterie

Indice découvert :

- #03 : Empreintes de Victor Crumble

D-15

RECHERCHER UN ÉVENTUEL DOSSIER AU NOM DE RICE	TEMPS CONSOMMÉ : 3 HEURES

De retour à Scotland Yard, vous lancez une recherche parmi les fichiers de la police judiciaire pour un certain Jude Rice, né en septembre 1944, l'un des employés de la Midwall Dock Corporation retrouvé grâce au registre du personnel.

Vous faites chou blanc : Jude Rice n'a aucun antécédent judiciaire.

D-16

CONSULTER LE DOSSIER SUR LE BRAQUAGE DE LA BIJOUTERIE

TEMPS CONSOMMÉ : 2 HEURES

BRAQUAGE DE LA BIJOUTERIE PANDORA DE LONDON BRIDGE

DESCRIPTIF DES FAITS

- Le 10/01/1981, à 13 h 05, deux individus masqués pénètrent dans la bijouterie Pandora, située à proximité de la station de métro London Bridge. Les deux braqueurs, armés de pistolets, demandent au personnel de leur remettre le contenu de la caisse et les bijoux exposés en vitrine.
- Alors que la vendeuse s'exécute, le directeur parvient à actionner une alarme silencieuse qui venait d'être installée et dont les braqueurs ignoraient l'existence.
- Une voiture de police, en patrouille à proximité, intervient en moins de trois minutes et parvient à arrêter les braqueurs à leur sortie de la bijouterie.

INTERPELLATIONS

Les deux braqueurs interpellés sont Victor Crumble et Frank Roberts. Ils sont jugés en comparution immédiate, condamnés à une peine de 4 mois de prison et transférés au centre pénitencier de Wandsworth.

Piste à suivre :

- L03 : Se rendre à la prison de Wandsworth

A-01

PRENDRE LES EMPREINTES DE LISE SANDERS	TEMPS CONSOMMÉ : 2 HEURES

Lise Sanders se plie à votre requête et vous accompagne sans rechigner au laboratoire, où un policier se charge de relever ses empreintes digitales.

Voilà qui devrait vous permettre de lever les incertitudes sur son implication dans le meurtre de l'hôtel...

Indice découvert :

- **#12 :** Empreintes de Lise Sanders

A-02

CONSULTER LE RAPPORT D'AUTOPSIE	TEMPS CONSOMMÉ : 2 HEURES

RAPPORT PRÉLIMINAIRE

- La victime est un homme blanc, entre 30 et 35 ans.
- 1,85 m, 82 kg, cheveux naturellement bruns décolorés en blond, yeux marron.
- Le test salivaire de dépistage de drogue s'est révélé négatif.

CAUSE DE LA MORT

- L'autopsie révèle deux plaies par balles à 6,5 cm de distance au niveau de la tempe droite. Les balles ont été tirées à bout portant, des traces de poudre ont été relevées sur le corps de la victime et sur ses vêtements. La mort a été instantanée.
- Plusieurs fragments de balles, calibre 9 mm, ont été extraits de l'intérieur de la boîte crânienne et consignés pour expertise.
- Le corps présente également de nombreux signes de contusions, des traces de ligatures aux poignets et la marque d'un bâillon à la commissure des lèvres.
- Le corps ne semble pas avoir été déplacé.

HEURE DU DÉCÈS

Compte tenu de la température du corps lors de sa découverte, l'heure du décès est estimée entre 22 h 30 et 23 h, le 25 juin 1982.

Indices découverts :

- **#01 :** Balle calibre 9 mm
- **#02 :** Empreintes de la victime

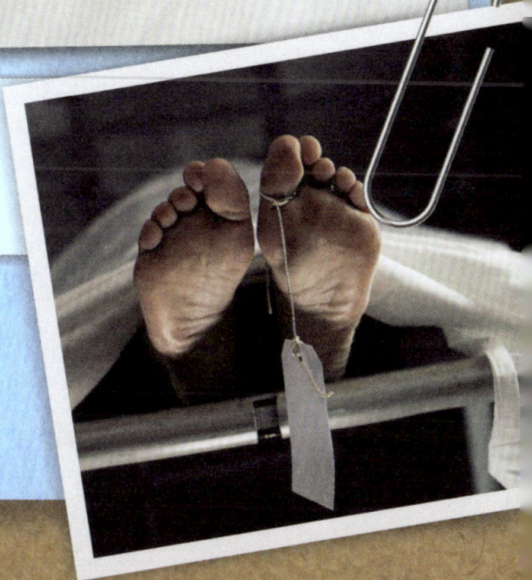

A-03

CONFIER AU LABORATOIRE L'ANALYSE DES EMPREINTES DE CHAUSSURES	TEMPS CONSOMMÉ : 3 HEURES

Vous dépêchez une équipe du laboratoire sur la scène de crime, afin d'analyser les empreintes de chaussures identifiées sur le rebord de la fenêtre du troisième étage.

En plus de parvenir à déterminer la pointure en question (du 45 ou 46), les experts du laboratoire réussissent à prélever un échantillon de boue laissée par les chaussures.

Au bout de quelques heures d'analyse, les résultats tombent enfin sur votre bureau :

Composition du prélèvement : particules sédimentaires fines de limon (24 %), d'alluvions (12 %) et d'argile (21 %).

Traces notables d'hydrocarbures et de tourbe.

Provenance probable suite aux comparaisons réalisées avec différents échantillons du secteur de l'East End : île aux Chiens, docks de West India ou de Millwall.

Indice découvert :

- #09 : Traces de boue retrouvées sur le rebord de la fenêtre

A-04

EXPERTISER L'ARME RETROUVÉE CHEZ DEREK BRICKSTER	TEMPS CONSOMMÉ : 2 HEURES

Vous confiez au laboratoire le pistolet retrouvé au domicile de Derek Brickster pour analyse balistique détaillée.

Vous recevez le compte-rendu au bout de deux petites heures :

Le pistolet confié à la balistique est un Ruger automatique calibre 9 mm (soumis à la réglementation des armes de catégorie B).

Le numéro de série de l'arme a été effacé à la meule.

L'analyse des hydrocarbures aromatiques polycycliques (HAP) retrouvés sur les parois du canon permet de conclure que l'arme a servi récemment.

Indices découverts :

- **#14** : Arme retrouvée au domicile de Derek Brickster
- **#19** : Empreintes relevées sur l'arme retrouvée au domicile de Brickster

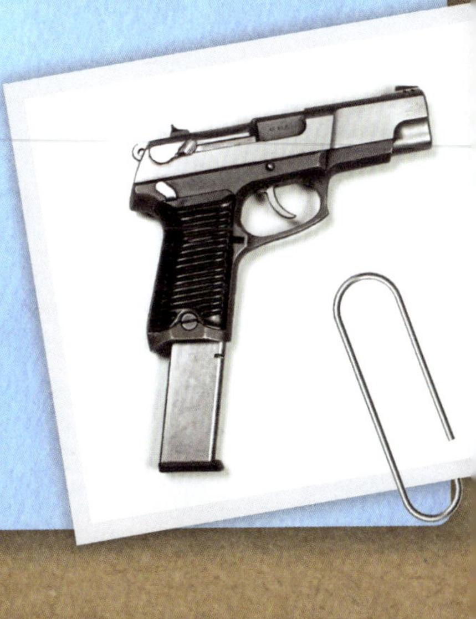

A-05

EFFECTUER UN PRÉLÈVEMENT DE BOUE SUR LES DOCKS	TEMPS CONSOMMÉ : 2 HEURES

Vous envoyez le laboratoire sur l'île aux Chiens, au niveau de la Millwall Dock Corporation, afin d'y prélever un peu de la boue présente sur les quais.

Ainsi, vous pourrez comparer ce prélèvement avec tout autre échantillon trouvé au cours de votre enquête.

Indice découvert :

- **#15 :** Prélèvement de boue sur les docks

A-06

EXPERTISER L'ARME RETROUVÉE DANS LA CHAMBRE D'HÔTEL	TEMPS CONSOMMÉ : 2 HEURES

Vous demandez au laboratoire d'analyser le pistolet retrouvé dans la chambre d'hôtel.

Deux heures plus tard, le rapport balistique vous parvient :

Le pistolet expertisé par nos services est un semi-automatique de la marque Sig-Sauer, modèle P220, calibre 9 mm Parabellum.

L'arme n'a pas servi récemment. Aucune empreinte relevée.

Après vérification, elle ne figure pas au registre d'immatriculation des armes à feu.

Indice découvert :

- **#07** : Arme retrouvée dans la chambre d'hôtel

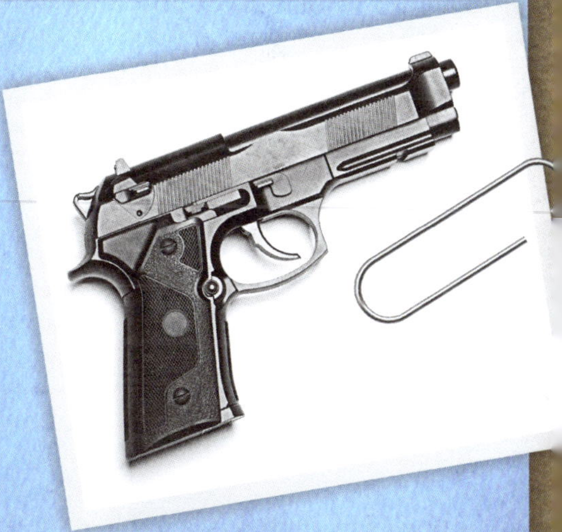

A-07

EXAMINER LES EFFETS PERSONNELS DE LA VICTIME	TEMPS CONSOMMÉ : 1 HEURE

Vous vous rendez au laboratoire pour passer en revue les effets personnels retrouvés dans la chambre d'hôtel.

Le compte-rendu dresse l'inventaire suivant :

AFFAIRE DU MEURTRE AU SHADWELL'S INN, 26/06/1982

EFFETS PERSONNELS RETROUVÉS DANS LA CHAMBRE 34

- Pistolet marque Sig-Sauer : retrouvé dans la table de nuit de la chambre 34.
- Ticket de métro londonien, poinçonné à la gare de King's Cross le 24/06 à 15 h 08 : découvert dans la poche de pantalon de la victime.
- Portefeuille contenant 35 livres sterling en monnaie
- Petite clé au profil hexagonal (format non identifié par le laboratoire) accrochée à un porte-clé métallique (voir reproduction ci-dessous).

Indices découverts :

- L11 : Se rendre à la gare de King's Cross
- L17 : Consulter un serrurier pour faire expertiser la clé
- A06 : Expertiser l'arme retrouvée dans la chambre d'hôtel

A-08

CONFIER AU LABORATOIRE L'ANALYSE DE LA DOUILLE	TEMPS CONSOMMÉ : 2 HEURES

Vous confiez au laboratoire l'analyse de la douille retrouvée sur le parking situé à l'arrière de l'hôtel.

En à peine deux heures, les résultats de l'analyse vous parviennent : l'équipe du labo a fait du bon boulot !

- Longueur de la douille : 17,30 mm
- Cartouche correspondante : calibre 9 mm Browning
- Une empreinte partielle de pouce droit a été relevée sur la douille. Seuls 5 points d'irrégularité sur les lignes papillaires ont pu être identifiés : la correspondance avec les empreintes d'un suspect ne pourra pas être certaine.

Indices découverts :
- **#05** : Douille calibre 9 mm
- **#06** : Empreinte partielle relevée sur la douille

A-09

PRENDRE LES EMPREINTES DE PETE MARSHALL	TEMPS CONSOMMÉ : 2 HEURES

Vous demandez à Pete Marshall de se plier à un relevé d'empreintes. Le joueur de billard exulte :

« Allez-y, faites-vous plaisir, je n'ai rien à cacher de toute façon ! Plus vite vous aurez vos empreintes, plus vite je pourrai retourner jouer au Porky's ! »

Indice découvert :

- **#11 :** Empreintes de Pete Marshall

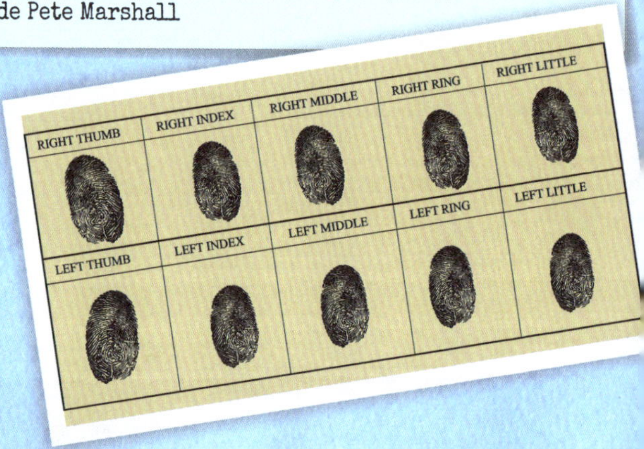

A-10

EXPERTISER L'ARME DE CHARLES CLAY	TEMPS CONSOMMÉ : 2 HEURES

Vous confiez à la balistique le pistolet retrouvé dans le bureau de Charles Clay, pour analyse complète.

Le rapport vous attend sur votre bureau moins de deux heures plus tard :

- Le pistolet expertisé ce jour par le laboratoire est un Beretta calibre 9 mm (soumis à la réglementation des armes de catégorie B).
- Après analyse du canon, l'arme a déjà servi.
- Elle figure au registre d'immatriculation des armes à feu sous le nom de Charles Clay (93 Highgate West Hill, Highgate, Londres).

Indice découvert :

- **#13** : Arme retrouvée au domicile de Charles Clay

A-11

ANALYSER LES BOUTEILLES RETROUVÉES DANS LA SALLE DE BAINS	TEMPS CONSOMMÉ : 3 HEURES

Vous ramenez au laboratoire les bouteilles en plastique trouvées dans la salle de bains de l'ancien appartement de Victor Crumble, sur Sceptre Road. Des empreintes sont découvertes sur les bouteilles et des échantillons du liquide sont examinés.

Le résultat de l'analyse vous parvient deux heures plus tard :

ÉCHANTILLON 1982-06-02871

- Nature du liquide contenu dans les bouteilles : eau-de-feu (aussi connu sous le nom de « pétrole désaromatisé »), liquide hautement inflammable aux propriétés proches du kérosène. Difficilement repérable car inodore et incolore.
- Les empreintes de deux individus différents ont été identifiées sur les récipients.

Indices découverts :

- **#17** : Premier jeu d'empreintes relevé sur les bouteilles
- **#18** : Second jeu d'empreintes relevé sur les bouteilles

A-12

PRENDRE LES EMPREINTES DE GENE TYLER	TEMPS CONSOMMÉ : 1 HEURE

Après une dizaine de minutes de négociations, l'inspecteur Gene Tyler finit par accepter que vous releviez ses empreintes dans le cadre de votre enquête.

Indice découvert :

- **#20 :** Empreintes de Gene Tyler

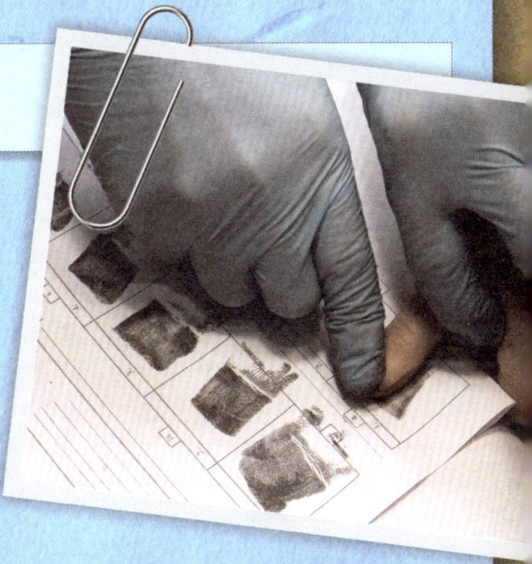

TOP SECRET

INDICES

5

COMPARATEUR D'INDICES

Pour comparer deux indices, consultez le symbole situé à l'intersection de la ligne et de la colonne correspondant aux indices en question :

(✓) : correspondance confirmée

(?) : correspondance possible mais non confirmée (ce cas peut se produire si l'un des échantillons comparés n'est pas de qualité suffisante : empreinte digitale partielle, par exemple)

(✗) : aucune correspondance

Après chaque utilisation du comparateur, avancez votre marqueur temps d'**une position** pour symboliser l'heure passée pour réaliser l'analyse.

	#01	#02	#03	#04	#05	#06	#07	#08	#09	#10	#11	#12	#13	#14	#15	#16	#17	#18	#19	#20
#01		⊗	⊗	⊗	✓	⊗	⊗	⊗	⊗	⊗	⊗	⊗	⊗	✓	⊗	⊗	⊗	⊗	⊗	⊗
#02	⊗		✓	⊗	⊗	⊗	⊗	⊗	⊗	⊗	⊗	⊗	⊗	⊗	⊗	⊗	⊗	✓	⊗	⊗
#03	⊗	✓		⊗	⊗	⊗	⊗	⊗	⊗	⊗	⊗	⊗	⊗	⊗	⊗	⊗	⊗	✓	⊗	⊗
#04	⊗	⊗	⊗		⊗	⊗	⊗	⊗	⊗	⊗	⊗	⊗	⊗	⊗	⊗	⊗	⊗	⊗	⊗	⊗
#05	✓	⊗	⊗	⊗		⊗	⊗	⊗	⊗	⊗	⊗	⊗	⊗	✓	⊗	⊗	⊗	⊗	⊗	⊗
#06	⊗	⊗	⊗	⊗	⊗		⊗	?	⊗	?	⊗	?	⊗	⊗	⊗	⊗	⊗	⊗	⊗	⊗
#07	⊗	⊗	⊗	⊗	⊗	⊗		⊗	⊗	⊗	⊗	⊗	⊗	⊗	⊗	⊗	⊗	⊗	⊗	⊗
#08	⊗	⊗	⊗	⊗	⊗	?	⊗		⊗	⊗	⊗	⊗	⊗	⊗	⊗	⊗	⊗	⊗	⊗	⊗
#09	⊗	⊗	⊗	⊗	⊗	⊗	⊗	⊗		⊗	⊗	⊗	⊗	⊗	✓	⊗	⊗	⊗	⊗	⊗
#10	⊗	⊗	⊗	⊗	⊗	?	⊗	⊗	⊗		⊗	⊗	⊗	⊗	⊗	⊗	⊗	⊗	✓	⊗
#11	⊗	⊗	⊗	⊗	⊗	⊗	⊗	⊗	⊗	⊗		⊗	⊗	⊗	⊗	⊗	⊗	⊗	⊗	⊗
#12	⊗	⊗	⊗	⊗	⊗	?	⊗	⊗	⊗	⊗	⊗		⊗	⊗	⊗	⊗	⊗	⊗	⊗	⊗
#13	⊗	⊗	⊗	⊗	⊗	⊗	⊗	⊗	⊗	⊗	⊗	⊗		⊗	⊗	⊗	⊗	⊗	⊗	⊗
#14	✓	⊗	⊗	⊗	✓	⊗	⊗	⊗	⊗	⊗	⊗	⊗	⊗		⊗	⊗	⊗	⊗	⊗	⊗
#15	⊗	⊗	⊗	⊗	⊗	⊗	⊗	⊗	✓	⊗	⊗	⊗	⊗	⊗		⊗	⊗	⊗	⊗	⊗
#16	⊗	⊗	⊗	⊗	⊗	⊗	⊗	⊗	⊗	⊗	⊗	⊗	⊗	⊗	⊗		⊗	⊗	⊗	⊗
#17	⊗	⊗	⊗	⊗	⊗	⊗	⊗	⊗	⊗	⊗	⊗	⊗	⊗	⊗	⊗	⊗		⊗	⊗	✓
#18	⊗	✓	✓	⊗	⊗	⊗	⊗	⊗	⊗	⊗	⊗	⊗	⊗	⊗	⊗	⊗	⊗		⊗	⊗
#19	⊗	⊗	⊗	⊗	⊗	⊗	⊗	⊗	⊗	✓	⊗	⊗	⊗	⊗	⊗	⊗	⊗	⊗		⊗
#20	⊗	⊗	⊗	⊗	⊗	⊗	⊗	⊗	⊗	⊗	⊗	⊗	⊗	⊗	⊗	⊗	✓	⊗	⊗	

TOP SECRET

COMPTE-RENDU D'ENQUÊTE

COMPTE-RENDU D'ENQUÊTE

Répondez à la série de questions suivantes pour vérifier votre bonne compréhension de l'enquête. Une fois terminé, rendez-vous p. 118 pour découvrir vos résultats.

- **1.** Quel est le véritable nom de la victime de l'hôtel ?

....

- **2.** À qui appartiennent les mégots de cigarettes portant des traces de rouge à lèvres retrouvés dans le cendrier de la chambre d'hôtel ?

....

- **3.** Qui a commis le meurtre de l'hôtel ?

....

- **4.** Quel est le mobile du crime ?

....

- **5.** Comment l'assassin a-t-il pénétré dans l'hôtel ?

....

- **6.** Le meurtre a-t-il été commandité par quelqu'un d'autre, et si oui, de qui s'agit-il ?

....

➧ **7.** L'incendie de Sceptre Road est-il accidentel ou criminel ? S'il est criminel, qui en est l'auteur ?

....

➧ **8.** À qui appartient le corps retrouvé dans l'incendie de Sceptre Road ?

....

➧ **9.** Où se trouvait la victime de l'hôtel entre janvier et juin 1982 ?

....

➧ **10.** Comment expliquer la disparition du tableau à la Whitechapel Gallery ? S'il y a eu vol, qui est coupable et comment le voleur s'y est-il pris ?

....

➧ **11.** Où se trouve désormais le tableau et comment peut-on précisément y accéder ?

....

➧ **12.** Où la victime et Charles Clay se sont-ils rencontrés ?

....

RÉPONSES AU COMPTE-RENDU D'ENQUÊTE

Découvrez les bonnes réponses et comptez vos points en fonction du barème indiqué :

1. QUEL EST LE VÉRITABLE NOM DE LA VICTIME DE L'HÔTEL ?

La victime se nomme **Victor Crumble.**

- *Comptez* **1 point** *en cas de bonne réponse.*
- *Comptez* **1 point bonus** *si vous avez comparé les empreintes de la victime (indice* **#02**) *avec celles figurant au dossier de Victor Crumble (indice* **#03**) *pour en arriver à cette affirmation.*

2. À QUI APPARTIENNENT LES MÉGOTS DE CIGARETTES PORTANT DES TRACES DE ROUGE À LÈVRES RETROUVÉS DANS LE CENDRIER DE LA CHAMBRE D'HÔTEL ?

Ils appartiennent à **Lise Sanders,** qui a rendu visite à la victime dans sa chambre d'hôtel peu avant le meurtre (piste **I03**).

- *Comptez* **1 point** *en cas de bonne réponse.*

3. QUI A COMMIS LE MEURTRE DE L'HÔTEL ?

Le meurtrier est **Derek Brickster.**

Comptez **3 points** *en cas de bonne réponse.*

Comptez **1 point bonus** *si vous avez comparé l'arme retrouvée chez Brickster (indice* **#14**) *avec les balles ou avec la douille (indice* **#01** *ou* **#05**) *pour en arriver à cette affirmation.*

4. QUEL EST LE MOBILE DU CRIME ?

Brickster voulait **faire avouer** à Crumble où il avait caché un tableau volé à la Whitechapel Gallery (papier brûlé en **L09**).

- *Comptez* **2 points** *en cas de bonne réponse.*

5. COMMENT L'ASSASSIN A-T-IL PÉNÉTRÉ DANS L'HÔTEL ?

Il est monté au troisième étage par l'escalier de secours (piste L21).

- *Comptez* **1 point** *en cas de bonne réponse.*

6. LE MEURTRE A-T-IL ÉTÉ COMMANDITÉ PAR QUELQU'UN D'AUTRE, ET SI OUI, DE QUI S'AGIT-IL ?

Le meurtre a été commandité par **Charles Clay.**

- *Comptez* **3 points** *en cas de bonne réponse.*
- *Comptez* **1 point bonus** *si vous avez exploré la piste* L09 *pour en arriver à cette affirmation.*

7. L'INCENDIE DE SCEPTRE ROAD EST-IL ACCIDENTEL OU CRIMINEL ? S'IL EST CRIMINEL, QUI EN EST L'AUTEUR ?

L'incendie n'est **pas accidentel. Victor Crumble** et **Gene Tyler** ont mis le feu à l'appartement.

- *Comptez* **2 points** *en cas de bonne réponse.*
- *Comptez* **1 point bonus** *si vous avez obtenu les aveux de Gene Tyler (piste* I22*) ou identifié les empreintes de Tyler sur les bouteilles de pétrole retrouvées sur les lieux de l'incendie (comparaison des indices* **#17** *et* **#20***) pour en arriver à cette affirmation.*

8. À QUI APPARTIENT LE CORPS RETROUVÉ DANS L'INCENDIE DE SCEPTRE ROAD ?

Le corps est celui d'un **clochard,** dont le cadavre a été volé à la morgue par Gene Tyler (piste I22).

- *Comptez* **1 point** *en cas de bonne réponse.*

9. OÙ SE TROUVAIT LA VICTIME DE L'HÔTEL ENTRE JANVIER ET JUIN 1982 ?

Elle s'était réfugiée **chez son cousin,** à **Sheffield** (pistes I25, D04).

- *Comptez* **1 point** *en cas de bonne réponse.*

10. COMMENT EXPLIQUER LA DISPARITION DU TABLEAU À LA WHITECHAPEL GALLERY ? S'IL Y A EU VOL, QUI EST COUPABLE ET COMMENT LE VOLEUR S'Y EST-IL PRIS ?

Victor Crumble a volé le tableau de la Whitechapel Gallery. Il a **caché la toile** dans un conduit d'aération des toilettes pendant plusieurs mois avant de venir la récupérer incognito (pistes **I27**, **L01**, **L23**).

➧ *Comptez* **2 points** *en cas de bonne réponse complète ou 1 point en cas de réponse partielle.*

11. OÙ SE TROUVE DÉSORMAIS LE TABLEAU ET COMMENT PEUT-ON PRÉCISÉMENT Y ACCÉDER ?

Le tableau se trouve actuellement dans le **garde-meuble** B3S de **Tower Bridge, box 1224**, à l'intérieur d'un coffre-fort. La combinaison du coffre est : **3517** (pistes **L20**, **I03**).

➧ *Comptez* **2 points** *en cas de bonne réponse complète ou* **1 point** *en cas de réponse partielle.*

12. OÙ LA VICTIME ET CHARLES CLAY SE SONT-ILS RENCONTRÉS ?

Ils se sont connus à la **prison de Wandsworth** (piste **L03**).

➧ *Comptez* **1 point** *en cas de bonne réponse.*

Pénalités de temps

- Si vous avez terminé l'enquête en 7 jours ou moins : **aucune pénalité de temps**
- Si vous avez terminé l'enquête au 8e jour : **2 points de pénalité**
- Si vous avez terminé l'enquête au 9e jour : **4 points de pénalité**
- Si vous avez terminé l'enquête au 10e jour ou plus : **6 points de pénalité**

SCORE DE L'ENQUÊTEUR

Score obtenu aux questions :

....

+ Points bonus : ....

- Pénalités de temps :

....

= Score final : ....

Découvrez le grade obtenu en fonction de votre score final :

MOINS DE 5/20

Apprenti enquêteur : malheureusement, vous êtes passé totalement à côté de votre enquête... Cela pourrait peut-être valoir la peine de reprendre vos investigations depuis le début ?

ENTRE 5 ET 9/20

Enquêteur débutant : il vous reste encore pas mal de chemin à parcourir avant de vous mesurer aux plus grands experts, mais vous êtes malgré tout parvenu à établir quelques déductions fondées. Peut-être ferez-vous mieux une prochaine fois ?

ENTRE 10 ET 13/20

Enquêteur intermédiaire : vous étiez incontestablement sur la bonne piste, mais quelques éléments de l'enquête vous ont malgré tout échappé...

ENTRE 14 ET 17/20

Enquêteur confirmé : bravo, vous n'êtes pas passé loin du sans-faute ! Quel est donc ce petit détail qui vous a échappé ?

18/20 OU PLUS

Enquêteur expert : rien ne vous a échappé, félicitations ! Vous avez mené votre enquête comme les plus fins limiers !

EXPLICATIONS DÉTAILLÉES

De retour à Scotland Yard, vous présentez au superintendant Bannister le résultat de vos investigations :

« Après votre départ de l'hôtel, j'ai interrogé le gérant (piste I06), qui m'a laissé entendre que la victime se sentait traquée. Il m'a également parlé de l'escalier de secours, derrière l'immeuble (L21), où j'ai trouvé des empreintes de chaussures et une douille. J'ai tout de suite confié ces éléments au laboratoire pour analyse (A03 et A08). J'en ai profité pour jeter un œil aux effets personnels de la victime (A07) et consulter le rapport d'autopsie (A02), qui m'a permis de situer la mort entre 22 h 30 et 23 h. J'ai aussi eu confirmation que la douille retrouvée sur le parking correspondait bien aux balles extraites de la boîte crânienne de la victime (comparaison des indices #01 et #05).

Ensuite, j'ai rendu une petite visite à Scott la Parlotte, mon indic (I14). C'est lui qui m'a révélé la véritable identité de la victime : Victor Crumble, un petit délinquant. Les empreintes contenues dans le dossier de Crumble (D14) correspondaient en effet à celles de la victime (comparaison des indices #02 et #03).

– Le dossier de Crumble indique pourtant qu'il est décédé dans l'incendie de son appartement il y a plusieurs mois... Peut-être avait-il un jumeau ? De vrais jumeaux partagent parfois les mêmes empreintes !

– Non, j'ai vérifié en lançant une recherche complète d'état civil (D04). Le seul parent connu de Crumble est un cousin qui vit à Sheffield. Pour élucider le mystère, j'ai choisi de me plonger dans le dossier relatif à l'incendie en question (D12). Il y avait quelque chose de louche dans cette histoire, alors j'ai consulté le rapport de l'expert odontologiste (D02). La dent manquante dans la mâchoire de la victime de l'incendie ne correspondait pas avec les informations consignées sur Crumble dans son dossier. J'ai donc eu un doute sur la version de l'expert, le Dr. Miller, que j'ai décidé d'interroger (I18). J'ai eu du flair : le rapport était un faux ! Le Dr. Miller m'a mis sur la piste d'un officier du poste de police de Bethnal Green, un certain Gene Tyler, qui avait enquêté sur l'incendie de janvier dernier.

Je me suis rendu à Bethnal Green (L04) et j'ai interrogé l'inspecteur Tyler (I15). Il n'était pas très coopératif, mais compte tenu des éléments en ma possession, j'ai décidé de lui mettre un petit coup de pression (I22)... C'est comme ça que j'ai appris que Tyler avait aidé Crumble, son ami d'enfance, à maquiller sa disparition dans l'incendie. J'ai mis le superintendant de Bethnal Green au courant, pour qu'il décide des suites à donner à cette affaire.

– Mais pourquoi Crumble en est-il arrivé à vouloir simuler sa mort ?

– C'est Tyler qui m'a mis sur la bonne voie. D'après lui, Crumble trafiquait des choses pas très claires avec Charles Clay, "le Collectionneur"... C'est là que j'ai réalisé que j'avais totalement occulté un pan de l'enquête : le dernier emploi en date de Victor Crumble, à la Whitechapel Gallery. Je me suis rendu sur place (L12) et j'ai interrogé le directeur (I04). J'ai appris que le jour précis où Crumble avait simulé sa mort, un tableau avait mystérieusement disparu à la galerie. Grosse coïncidence, vous ne trouvez pas, superintendant ? Une idée a alors commencé à germer dans mon petit cerveau : et si Crumble avait volé le tableau, pour le compte de Clay, avant de se raviser et de décider de garder le butin pour lui...

– C'est donc pour ça que Crumble s'est fait passer pour mort dans cet incendie, avec l'aide de son ami Tyler ? Pour échapper à Clay ?

– Précisément ! Suite à cela, je me suis renseigné sur Clay (D09) et j'ai découvert qu'il possédait une entreprise d'import-export sur l'île aux Chiens, la Millwall Dock Corporation. Je me suis alors souvenu du rapport du laboratoire relatif aux traces de boue laissées sur la fenêtre de l'hôtel : l'analyse montrait qu'elles venaient précisément de ce quartier. Je me suis rendu à la MDC (L08) et j'ai consulté le registre du personnel (D01). Un certain Derek Brickster faisait précisément la même pointure que les empreintes de chaussures retrouvées à l'arrière de l'hôtel. J'ai rapidement parcouru son dossier (D07) : ce Brickster est du genre à jouer aux gros durs. J'étais convaincu qu'il travaillait comme homme de main pour le compte de Charles Clay. J'ai fait comparer les empreintes de Brickster et celles retrouvées sur la douille (comparaison des indices #06 et #10) : difficile de conclure, car les empreintes sur la douille n'étaient que partielles... J'ai donc décidé de fouiller l'appartement de Brickster (L09). J'y ai retrouvé une arme, que j'ai fait expertiser (A04) : elle portait les empreintes de Brickster (comparaison des indices #10 et #19) et correspondait aux balles (comparaison des indices #01 et #14). Pas de doute, Derek Brickster a bien assassiné Victor Crumble ! Dans la cheminée de l'appartement de Brickster, j'ai également retrouvé une note, signée par Charles Clay, où le Collectionneur demandait à son homme de main de faire avouer à Crumble où ce dernier avait caché le tableau...

– Et où se terrait Crumble, entre janvier et juin ? Comment a-t-il pu échapper à Charles Clay ? Clay a pourtant des informateurs dans tout le quartier !

– Je suis persuadé qu'il s'était réfugié chez un cousin, à Sheffield, dans le nord de l'Angleterre. Il n'est revenu sur Londres que le 24 juin, en arrivant par la gare de King's Cross.

– Beau travail, inspecteur Durk ! Ah, une dernière chose... Comment Crumble a-t-il pu sortir le tableau de la galerie, et où se trouve la toile désormais ?

– Je savais que vous me poseriez la question, patron. Pour en avoir le cœur net, je suis retourné à la Whitechapel Gallery et j'ai fouillé le casier de Crumble (L01). J'y ai découvert un plan de la galerie, sur lequel était encerclée une grille d'aération dans les toilettes, ainsi qu'un tournevis. Je pense que Crumble n'a pas sorti le tableau le jour du vol, mais qu'il l'a simplement caché à l'intérieur de la galerie en attendant que la pression autour de cette affaire retombe. J'ai vérifié sur place : le tableau n'était plus dans le conduit d'aération (L23).

– Croyez-vous que Crumble a avoué à Brickster où se trouve le tableau, et que Clay l'aura récupéré à la galerie ?

– Non, je ne crois pas. Je pense que Crumble est allé lui-même récupérer le tableau à la galerie le 25 juin, dans l'après-midi, en se grimant pour ne pas être reconnu. Je me suis longuement demandé où Crumble allait ensuite vouloir cacher son butin, et j'ai repensé à cette petite clé hexagonale, retrouvée parmi ses effets personnels. Avec l'aide d'un serrurier (L17), j'ai compris qu'il s'agissait de la clé d'un garde-meuble. Compte tenu du logo figurant sur le porte-clé, le garde-meuble de Tower Bridge était le choix le plus probable (L20). Soyez rassuré : le tableau est à l'abri au fond d'un coffre-fort, dans le box 1224.

– Et vous avez le code du coffre-fort, j'espère ?

– Je pense avoir ma petite idée... Au cours de mon enquête, j'ai appris que Crumble entretenait une liaison avec Lise Sanders, la jeune fille rousse dont m'avait parlé le gérant de l'hôtel. Je suis allé l'interroger (I23) et, après avoir insisté (I03), elle m'a montré le mot que Victor Crumble lui avait laissé, à peine une heure avant qu'il ne se fasse assassiner : "LISE ! Quand tu me fais tourner la tête, tu es la clé de mon bonheur." La clé du bonheur de Crumble n'est autre que le code du coffre... Et en retournant le prénom LISE, on obtient la combinaison 3517 !

— Bien joué, Durk ! Vous méritez une promotion ! »

Crédit des illustrations
Toutes illustrations : © Shutterstock.com

Achevé d›imprimer en Roumanie par Rotolito Romania S.A.
Dépôt légal : mai 2021 - 327671/01
N° projet : 11046117 - juin 2021